AF399173

ELIN

Anna Syrjänen-Filppu

ELIN

Balladi

© 2020 Anna Syrjänen-Filppu/Puustellin tarinat-
kirjallisuusseura (Julk.)

Kannen suunnittelu: Fileas Fogg
Sisuksen taitto: Anna Syrjänen-Filppu

Kustantaja: BoD – Books on Demand, Helsinki, Suomi
Valmistaja: BoD – Books on Demand, Norderstedt, Saksa

ISBN: 978-952-80-3564-0

ELIN

Kasarmi oli venäläisten rakentama vajaa kymmenen vuotta sitten. Punatiilisiä rakennuksia oli vieri vieressä, oli upseerien asuntoja, sairaala ja leipomorakennus ja hevostallit. Suurin rakennus oli pitkä kasarmi, kaksikerroksinen tiilikolossi, jossa venäläinen sotaväki oli asunut. Venäläisten punatiilinen kirkko oli mäellä, lähellä kasarmin porttia. Kultaiset kupolit loistivat kasarmille ja kyläänkin. Kirkon kellojen soitto kiiri usein iltasella läpi koko kylän.

Ilta-aurinko teki laskuaan läntisellä taivaalla. Nuoren naisen väsynyt katse haki kultaista kirkontornia. Tummat silmät olivat väsyneet ja kirvelevät. Vaikka nuori nainen ei kokenutkaan saavansa uskonnosta ja jumalasta mitään lohdutusta, niin kultainen kirkontorni ja kultaiset kupolit kuitenkin lohduttivat. Ehkä ne toivat mieleen sen, että piikkilankojen ulkopuolella oli elämää, että elämä oli tornin ympärillä lentävissä linnuissa ja että siellä oli vapaus. Ilta alkoi hämärtää. Kohta olisi nimenhuuto ja sitten heidät komennettaisiin sisään, kunnes tuskaisen yön jälkeen taas aamulla olisi isolla kentällä nimenhuuto. He saivat olla yöt sisällä kasarmin pitkässä kaksikerroksisessa rakennuksessa. Yöt olivat näin toukokuun alussa vielä kylmiä. Onneksi ei kuitenkaan enää ollut lunta. Hiekkakentän reunalla nurmikko jo vihersi ja joku vangeista oli nähnyt piikkilanka-aidan ulkopuolella jo ensimmäisen leskenlehden.

Ensimmäinen viikko

10.5.1918

"Mitä jos ei tulisikaan nimenhuutoon, mitä jos olisin näkymätön, mitä jos lentäisi lintuna pois. Minulla on vähän paperia. Minulla on pieni lyijykynä hameeni poimuissa. Minä kirjoitan, että pysyisin järjissäni. Kuinka kauan aikaa siitä on, kun piikkilanka-aidat ympäröivät minut, meidät? Meitä on täällä satoja, ehkä tuhansia. Hassua, koskaan en ole nähnyt näin paljon ihmisiä yhdessä paikassa. Toki tiedän, että ihmisiä on paljon maailmassa, mutta että täällä kylän kasarmilla näyttäisi olevan enemmän ihmisiä kuin koko kylässä. Ehkä se vain näyttää siltä, koska meidät kaikki on ahdettu saman piikkilanka-aidan sisään. Mutta oikeastaan tässä ei ole mitään hauskaa.

Me ihmiset, jotka luulimme taistelevamme oikeuden ja uuden maailman puolesta olemme piikkilanka-aitojen takana. Ei tullut tähän kylään eikä tähän maahan uutta, tasa-arvoista järjestystä. Me taistelimme oman maan puolesta, oman maan ihmisten puolesta sortajia vastaan ja luulimme että voitamme. Häviö on raskas kantaa ja tulevaisuus yhtä tumma kuin metsälammen vesi, josta pohjaa ei näy. Minä en koe tehneeni mitään väärää. Yhä edelleen uskon ihmisten tasa-arvoisuuteen ja ,yhdenvertaisuuteen. Uskon että maailma muuttuu vielä. Sodat loppuvat ja rauha palaa maailmaan. Vanha feodaalinen yhteiskunta murtuu ja meidän lapsemme tulevat saamaan koulutusta samaan tapaan kuin rikkaiden lapset nyt. Lapsemme saavat kasvaa itsenäisessä ja vapaassa maassa. Olen ollut tekemässä sitä itsenäistä maata.

Tiedän, olen idealisti kuten Franskin. Mietin että alussa oli vain aate ja ajatus valtiosta nimeltä Suomi. Myös ajatus ihmisten tasa-arvosta oli kuitenkin jossain taustalla. Sitten tuli sota, joka on kai välttämätön uuden syntymiseen. Mutta sota on kauheaa. Tämä sota oli sota veljeä vastaan, omaa kansaa vastaan. Sota on melkeinpä hirvittävämpää kuin kuolema. Tosin sodassakin kuollaan ja kuolema sodassa ikään kuin pyhittää ihmisen entisen elämän.

Näin toukokuussa illat ovat vaaleita ja valoisia, mutta kohta on nimenhuuto, joka palauttaa meidät piikkilankojen ympäröimät ihmiset todellisuuteen. Kynä on piilotettava ja oltava niin näkymätön kuin suinkin mahdollista."

Elli pisti kynän hameensa poimuihin. Siinä lähellä olivat Frans ja Hanna, hänen ystävänsä, jotka olivat vangittu samaan aikaan kuin Elli. He nukkuivat pitkässä kasarmissa, missä venäläiset sotilaat olivat majoittuneet silloin kun venäläisiä sotilaita vielä oli ollut maassa ja oli ollut keisarikunta. Siitä ajasta tuntui olevan paljon aikaa, vaikka viimeiset venäläiset olivat lähteneet vasta sodan aikana maasta pois. Kohta kutsuttaisiin kaikki vangit nimenhuutoon. Elli huoahti ja nälkä kurni vatsassa. Nimenhuutoon kokoonnuttiin juuri siihen isolle kentälle, jossa he, vangit päivisin istuivat ja kävelivät edestakaisin. Heitä oli siellä satoja, ellei tuhansia, ryysyisiä ja likaisia ihmisiä, kasvot totisina. Vankeja tuli joka päivä lisää. Hanna tarttui Ellin käteen ja he lähtivät iltanimenhuutoon. Frans seurasi heitä hiljaisena.

11.5.1918

"Kirjoitin että on oltava niin näkymätön kuin mahdollista. En halua mitenkään itseäni korostaa, mutta minut kai aina huomataan. Olen melko pitkä ja nyt laiha, koska ruoka on mitä on. Minulla on tummat, pitkät hiukset, joita en halunnut leikata lyhyiksi, vaikka ystäväni omat hiuksensa leikkasivatkin. Rakastan tummia hiuksiani. Nyt ne ovat huivin peittämät ja letillä. Tuntuu että jos leikkauttaisin hiukseni, myös minusta katoaisi jotain, minuus tai oma voimani. Tosin tällä hetkellä minussa ei tunnu olevan voimaa. Olen väsynyt tähän kaikkeen ja miksen olisi.

Taisi olla 5.päivänä kuluvaa kuuta, kun ne hakivat minut kotoa. Ystäväni olisivat piilottaneet minut ja antaneet turvapaikan, mutta minun mielestäni se olisi ollut heitä kohtaan epäreilua. Hehän siinä olisivat kärsineet, jos minut olisi löydetty heidän luotaan. Ja ehkä minä tosiaan vielä uskoin, ettei mitään kostoa tulisi. Sanotaan että uskoin ihmiseen. Olisin voinut tai ainakin yrittää piiloutua johonkin, mutta miksi minun olisi ollut piilouduttava. En ole tehnyt mitään pahaa.

Meidät tuotiin tänne kasarmille, jossa joskus olen äitini kanssa käynyt korkea-arvoisten sotilaiden rouvien luona hakemassa pyykkiä pestäväksi. Äitini nimittäin pesi rikkaiden pyykkiä silloin tällöin, jos isän tienestit eivät riittäneet perheen pyörittämiseen. Äitini osasi jonkin verran venäjän kieltä ja pystyi hoitamaan pesuasiat venäläisten rouvien kanssa. Silloin kasarmilla asui venäläisiä upseereita. Venäläiset upseerit ja heidän vaimonsa olivat ystävällisiä. Aina heillä oli jotain antaa minullekin, pääasiassa makeaa vehnästä tai sokeripaloja, joita he leikkasivat hopeisilla sokerisaksilla isommasta sokeritopasta. Osa upseereista asui kylän keskustassa aivan tavallisten ihmisten asunnoissa. Sielläkin me kävimme äidin kanssa, kun äitini pyykkäsi upseereiden vaatteita ja siivosi upseerien kauniita koteja.

Kasarmin asunnot olivat huikean korkeita ja huoneissa oli isot ikkunat. Venäläisten upseereiden ikkunoissa oli aika usein tummat samettiset verhot ja vaaleat verhot vielä lisäksi. Lattialla oli niin pehmeät matot, että jaloista painui jälki niihin. Meillä ja minun tutuillani oli vain räsymattoja, jotka äitimme olivat kutoneet.

Huonekalut olivat kiiltävää puuta, Niin kiiltävä oli huonekalujen pinta, että melkein kuvansa siitä näki. Ajattelin aina, että jospa itsellänikin joskus olisi tuollaiset hienot huonekalut, vaikka yksikin kiiltävä pöytä.

Oikeastaan mehän taistelimme tasa-arvoisemman elämän puolesta. Meillä köyhilläkin olisi joskus oikeus kiiltäviin huonekaluihin. Silloin uskoin niin, nyt en enää tiedä mihin uskoa.

Toukokuun viidentenä päivänä valkoiset lahtarit tulivat hakemaan minut. Koko keväinen sunnuntai päivä muutti muotoaan, kevät loppui tuolloin minun ja perheeni osalta. Enää ei ollut unelmia tulevasta kesästä ja kesän lämpimistä päivistä. Olin tullut juuri aamulla Marian, ystäväni luota kotiin. Jotenkin tuntui siltä, että halusin nähdä isäni ja äitini vielä. Kun sotilaat tulivat kovalla ryminällä meidän keittiöömme, tiesin heti mitä tuleman piti. Äitini puristi minut syliinsä vaiteliaana ja isä oli totinen ja vanhettui sinä hetkenä kymmeniä vuosia. Taavetti veljeni oli myös kotona, toinen veljeni oli rintamalla. Kaksi pientä siskoani katselivat äidin takana sotilaita silmissä pelkoa ja kysyvä katse.

Asumme pienessä puutalossa lähellä toria ja lähellä työväentaloa. Vaikka joskus inhosin kaikkia kotiaskareita ja kanojen hoitoa, niin kuitenkin nyt kun kirjoitan pihastamme, sen vihreästä ruohomatosta ja vanhoista omenapuista, jotka syksyisin tekivät happamia mutta samalla makeita omenia, alan melkein itkeä. Minulla on ikävä kotiin, omaan keittiön nurkassa olevaan sänkyyni, jossa on omatekemät tyynyliinat. Mutta täällä ei saa näyttää heikkoutta. Heikkous huomataan heti ja siitä rankaistaan.

Minut ja Taavetti siis vietiin kasarmille, jossa meidät laitettiin tänne piikkilanka-aidan sisään. Monia muitakin vangittiin niinä päivinä ja ajettiin kuin karja kasarmille. Paljon oli tuttuja kyläläisiä, myös tuttuja ihmisiä työväenyhdistyksestä ja ystäviä. Olemme yhdessä tai pyrimme olemaan yhdessä Lyylin ja Hannan kanssa, me naiset. On täällä muitakin naisia ja lapsiakin. Eräällä Anna-Marilla on tytär, 13-vuotias, melkein lapsi. En tajua miksi ne vangitsivat lapsiakin, tyttöjä ja nuoria poikia. Eihän ne olleet mitään pahaa tehneet, kuten emme mekään.

Me naiset olimme kyllä vartiossa silloin tällöin ja kannoimme asetta, mutta en tiedä ketään meistä naisista kuka olisi joutunut ampumaan. Me myös siivosimme ja keitimme ruokaa, lähinnä keittoa työväentalossa veljillemme, tovereille. Mitään pahaa en siis ole tehnyt, kuten ei

Franskaan.

Fransin tiesin jo työväenyhdistyksen ajoilta ennen sotia. Työväentalolla olimme olleet samoissa tilaisuuksissa ja olimme tavanneet myös rautatieläistentalolla joissakin iltamissa. Frans on ollut työväenyhdistyksen aktiivijäsen jo pitkän aikaa ja ennen vangitsemistaan hän oli vallankumousoikeuden puheenjohtaja. Ammatiltaan Frans on kylän kaasumestari. Oikeastaan usko valkoisiin lahtareihin mureni täydellisesti, kun ne vangitsivat Fransin, joka todellakaan ei ollut tehnyt mitään pahaa ja oli yrittänyt hillitä koko sodan ajan väkivallantekoja. Frans itsekin uskoi, etteivät valkoiset tekisi hänelle mitään.

Minulla on kiire kirjoittaa näitä muistiin. Yritän pitää yllä jonkinlaista kronologista järjestystä, kun kirjoitan ja ennen kaikkea yritän pysyä järjissäni. En tiedä mistä tuo kronologinen-sana tuli, mutta Frans se aina käyttää hienoja sanoja. Minusta tuntuu kuin ajatukseni hyppelehtivät kuin pieni hiiri tai lehdet, jotka syksyisin sinkoilevat sinne tänne, niin kuin nyt minun ajatuksenikin.

Kohta täytyy mennä piikkilanka-aidan luo, jos vaikka Alma ja Maria onnistuisivat tulla kasarmille piikkilankojen taakse. Käsialani on yhä pienempää, koska paljon täytyy mahtua pieneen paperiin, sillä koskaan ei tiedä milloin paperi loppuu. Minua väsyttää."

Kopissaan illalla Elli mietti siinä lattialla istuessaan, mitkä asiat oikeastaan johtivat hänet tänne likaiseen haisevaan huoneeseen, jossa oli ainakin toistakymmentä naista jakamassa likaiset ja risaiset patjat. Elli laittoi kätensä hameensa poimuihin ja sai käsiinsä pussukan, jossa oli hänen paperinsa ja kynänsä. Niistä hän halusi pitää huolta, sillä kirjoittaminen oli hänelle tällä hetkellä elinehto, vaikka vaikeaa se oli. Hän ei ollut alkanut heti kirjoittaa leirille saavuttuaan, ei jaksanut. Ensimmäiset päivät leirillä olivat menneet aivan kuin sumussa. Hän oli Hannan kanssa vaan ajelehtinut tunnista toiseen ja päivästä seuraavaan. Hän oli ollut niin väsynyt ja samaa sanoi Hannakin. Päivisin he torkkuivat pitkän kasarmin ulkoseinustalla ja tuskin huomioivat ympäristöään. Jossain vaiheessa heidän päivänsä leirillä oli saanut jonkinlaisen järjestyksen, aamuisesta nimenhuudosta ruokailuun ja illalla taas nimenhuutoon ja kylmään selliin nukkumaan painajaismaista unta. Koko oleminen oli edelleen vaikeaa. Koko ajan sai pelätä itsensä ja muiden tuttujen puolesta. Illat ja yöt olivat kaikkein kamalampia.

Elli oli liittynyt punakaartiin kuin itsestään, sillä hän oli ollut kylän työväenyhdistyksen jäsen jo muutaman vuoden. Aikoinaan Elli oli liittynyt työväenyhdistykseen, sillä hän ajatteli, että työväenyhdistyksen aate oli lähellä sitä mitä hän itsekin oli ajatellut. Kaikille työtä, tasa-arvoista kohtelua ja ihmisarvoa. Köyhäkin on ihminen. Tosin tässä maatessa vuorotellen naisten kanssa rikkinäisillä patjoilla ei voinut muuta ajatella kuin että jokin meni vikaan. Ei sen näin pitänyt tapahtua.

Proosallinen syy punakaartiin liittymiselle oli, että hänellä oli ainainen nälkä ja kaartista sai palkkaa ja ruuan. Kun on kolme vuotta kärsinyt nälkää ja ei ole saanut kunnon ruokaa moneen vuoteen ja kun perunatkin tulevat jo korvista ulos, niin keitto, jossa oli lihaa, oli oiva syy liittyä punakaartiin. Heitä oli joitakin kylän tyttöjä, jotka liittyivät kaartiin samoihin aikoihin: Selma, Lyyli, Hanna ja hän Elli. Muitakin toki liittyi. Heillä oli lyhyt koulutus, joka sisälsi aseenkäyttöä ja kaartissa olemista yleensä.

Heille annettiin aseet ja opetettiin hiukan ampumaan maaliin. Elli hymähti. Hän oli ennen sotia oppinut ampumaan riistaa, sillä hän oli veljiensä kanssa käynyt metsässä ampumassa jäniksiä ja oravia. Hän oli ihan varma, että tästä syystä hänelle annettiin ase.

Hän ei ollut ampunut sodan aikana kertaakaan. Ei hän halunnut ketään ampuakaan. Väkivallalla ei voitettaisi mitään. Eikö isäkin, joka turvautui väkivaltaan lapsiaan kohtaan, saanut sitten myöhemmin kärsiä. Näin oli ainakin kylän yhden peltisepän kohdalla tapahtunut. Peltiseppä, iso ja möreä-ääninen mies pieksi vaimoaan ja lapsiaan aina lauantaisin, kun työt loppuivat. Vuodet kuluivat ja mitä tekivät peltisepän pojat, kun kasvoivat yhtä isoiksi ja pitkiksi kuin isänsä?

Sitoivat isänsä paksulla köydellä sänkyyn joksikin aikaa, kun isä alkoi riehumaan. Peltiseppä mekasti ja huusi, mutta rauhoittui lopulta. Tosin hänet piti sitoa sen jälkeen sänkyyn melkeinpä joka lauantai koska juotuaan väkijuomia peltiseppä muisti laihan vaimonsa ja lauantai- riehuminen alkoi.

Elli mietti sotaa. Sota oli aluksi ollut jossain Balkanilla ja Venäjän perukoilla ja Euroopassa. Kylän venäläiset sotilaat olivat saaneet käskyn lähteä sotimaan Saksaa vastaan. Toki kylään oli myös jäänyt vielä venäläisiä sotilaita, mutta ne tutummat sotilaat lähtivät jonnekin kauas sotaan. Sitten tuli maaliskuun vallankumous Venäjällä ja keisari luopui kruunusta. Sen jälkeen loppui Suomen osalta myös keisarin toimeenpanema sortokausi. Maailmalla sodittiin jo kolmatta vuotta ja pieni syrjäinen Suomikin joutui sodasta kärsimään. Koko kesä meni odottaessa jotain. Kaikesta oli pulaa, varsinkin ruuasta.

Syksyllä kansa jakaantui kahtia. Suojeluskuntalaiset alkoivat varustautua samoin kuin työväestökin. Aluksi tämä aseiden hankkiminen ja miesten koulutus oli pelottavaa Ellin ja Hannan mielestä. Ei kai vaan sota syttyisi, kun kaikki puheetkin olivat sotaisia. Työväentalolla pidettiin paljon puheita työväenoikeuksien puolesta. Ellikin kävi työväentalolla ja oli samaa mieltä, että työväestölläkin oli oikeus kunnon toimeentuloon ja kunnon palkkaan. Sotaa Elli ei kannattanut kuten ei Franskaan eikä Ellin ystävä Hanna. Kukaan ei kuitenkaan heiltä kysynyt mitään. Joulukuussa Suomi itsenäistyi. Suomi oli nyt itsenäinen eikä enää suuren Venäjän valtakunnan pieni suuriruhtinaskunta. Tammikuussa alkoi Suomessa sota valkoisten lahtareiden ja punaisen työväestön välillä.

Elli huokaisi ja katsoi sellin ikkunaa kohti. Tosin ikkuna oli peitetty laudoilla, mutta joskus siinä oli ollut ikkuna. Ikkuna, josta näki taivaan, jossa linnut lensivät korkeuksiin. Jo oli tullut västäräkkejä ja peipposia, joku oli kuulemma nähnyt pääskysenkin. Mutta se taisi olla päiväunta sillä olihan vasta toukokuun alkupuoli.

Ellille oli tullut melkein pakkomielteeksi katsoa taivaalle, kun tuli oikein paha olo ja henki alkoi loppumaan. Linnut ja sininen taivas merkitsivät paljon Ellille. Kun vapaus on riistetty niin taivas ja taivaalla lentelevät linnut antoivat ikään kuin korvauksen vapauden menetyksestä. Hanna tuli Ellin viereen istumaan. Ehkä joku antaisi heille yöllä rikkinäisen patjan, sillä naiset vuorottelivat siitä, kuka saisi nukkua patjalla ainakin osan yötä.

Toinen viikko

12.5.1918

”Minut siis vangittiin vanhempieni luota veljeni kanssa. Meidän perheessämme on viisi lasta tai nuorta, minä Elli, Taavetti ja Hjalmar ja perheen nuorimmat Aino ja Martta. Aino on seitsemäntoista vuotias ja Martta viidentoista. Oikeastaan olen Elin mutta kaikki kutsuivat minua Elliksi. Minkälainen lapsuus minulla oli ollut? Ei se kai helppo ollut, mutta suhteellisen rauhallinen ja ehkä jopa onnellinenkin, köyhä mutta turvallinen. Isä on sekatyömies ja äiti moniosaaja ja ahkera nainen. Kasvoin veljieni seurassa ja opin heiltä kaikenlaista hyödyllistä ja hyödytöntäkin. Opin miten tapellaan ja miten puolustetaan itseä. Opin myös kiroilemaan ja olemaan itkemättä, vaikka kuinka sattuisi.

Vaikka olin paljon poikien kanssa, niin pidin koulunkäynnistä ja opin lukemaan varhain. Olin kansakoulussa nopein lukija. Minulla kuulemma oli tiedonjano, tätä sanaa opettajat käyttivät koulussa. Kaikkein mieluiten olisin halunnut yhteiskouluun, josta olisi ollut tie auki ylioppilaaksi asti. Ei meillä sellaiseen varaa ollut. Isä oli tokaissut, että mitäs se plikka yhteiskouluun menisi, kun eivät perheen pojatkaan sinne halunneet.

Pojat olivatkin menneet työelämään heti kansakoulun jälkeen. Minä siis kävin kansakoulua neljä vuotta ja sitten aloin auttaa äitiä, joka teki työtä lähes vuorotta, siivoamista ja rikkaiden pyykin pesua. Pian pääsin kylän kangaskauppaan töihin, jossa opin myös ompelemaan sillä siellä oli sellainen erikoisuus kuin ompelukone. Voi nyt katkesi kynästä terä, Minä olen kaikilta tutuilta jo lainannut kyniä ja paperia. He eivät ole ainakaan kieltäytyneet antamasta paperia, vaikka eihän sitä nyt paljon ole. Yhdessäkin paperissa toisella puolella oli mainos kylän leipämyymälästä, mutta senkin päälle kirjoitin ja samalla olin haistavani tuoreen leivän tuoksun, kun lyijykynäni asettui paperille.

Frans on hankkinut minulle paperia. En tiedä mistä, mutta paperia Frans on minulle tuonut näinä päivinä, jotka olemme olleet täällä piikkilankojen sisällä. Minun on pakko kirjoittaa. Ei tästä mitään suurta tule, mutta haluan kirjoittaa pysyäkseni järjissäni ja toimintakykyisenä. Jossain vaiheessa minuakin kuulustellaan ja silloin haluan puolustaa itseäni parhaalla mahdollisella tavalla. Ilta jo hämärtyy ja tuolta tulee Frans toisen miehen kanssa luoksemme. Kohta on nimenhuuto ja sisälle meno tuohon suureen kasarmiin, jossa on ulostesankoja ja jotka ovat ihan täynnä ulostetta ja oksennusta.

Kaikkialla on kauhea, tympeä paskan ja kusen lemu, joka tulee uniinkin, uniin, jotka ovat lyhyitä ja pinnallisia, alituista heräämistä ja vilua. Yöt ovat myös täynnä pelkoa siitä käykö sellin ovi ja joutuuko jonnekin, josta ei ole enää paluuta. Milloin tämä loppuu?

Frans hymyilee minulle ja ojentaa minulle puhtaita paperilappusia. Mistä hän niitä taikoo?"

Elli makasi samassa sellissä Hannan ja Anna-Marin ja tietysti Anna-Marin tyttären kanssa. Tosin samassa pienessä sellissä oli parikymmentä muuta naista. Hanna sanoi Ellille, kuinka nopeasti oikeastaan ihminen tottuu siihen, että osan yöstä täytyi nukkua istualtaan. Ellistä tuntui, ettei hän koskaan tottuisi jakamaan parinkymmenen naisen kanssa samoja rikkinäisiä patjoja. Viikon päästä Elli pyörsi ajatuksensa. Kuinka helppoa oikeastaan oli nukkua osan yötä patjalla ja osan yöstä seinän vieressä istuen. Kylmähän tietysti oli, varsinkin aamuyöstä, mutta nukkuminen oli muutenkin niin vaikeaa ja suorastaan kauheaa ettei pieni kylmyys sitä enää häirinnyt.

Sellissä oli tuskastuttavan hiljaista. Ihmiset eivät jaksaneet puhua ja jos puhuivatkin, puhe oli hiljaista kuiskintaa. Kukaan ei halunnut olla esillä, koska jos joutui vartijoiden silmien alle, niin se oli paha. Koskaan ei tiennyt mitä seuraavaksi tapahtuu. Vartijat ehkä muistaisivat jotain, mistä piti rangaista vankia.

Joskus pikku-Maija itki unissaan. Anna-

Mari lohdutteli tytärtään ja muut naiset myös. Elli ei enää uskonut oikein ihmisten hyvyyteen eikä maailman hyvyyteen senkään vertaa. Maailma oli Ellin mielestä paha. Sota aiheuttaa vain kärsimystä ja siitä kärsivät naiset ja lapset. Kuinka monennenko kerran Elli taas lupasi ja vannoi itselleen, jos hän pääsee vankeudesta pois hän ei koskaan riitele kenenkään kanssa. Hän puhuisi vain rauhan ja lähimmäisen rakkauden puolesta.

Sellissä naiset liikahtelivat levottomasti patjojen päällä ja yrittivät löytää parhainta mahdollista asentoa. Jossain vaiheessa vuoroja vaihdettiin, että hekin, jotka olivat alkuyön nukkuneet seinää vasten, saisivat nukkua likaisilla patjoilla. Uni tuntui karkaavan kaikkien naisten silmistä, mutta puhuakaan ei aina jaksanut. Elli tuijotti kiviseinää tummin silmin. Tuntui kuin aamu ei koskaan tulisi. Linnutkin olivat hiljaa.

13.5.1918

”Valkoiset olivat tulleet edellisenä päivänä kylään ja seuraavana päivänä olivat alkaneet vangitsemiset. Meidätkin, minut ja ystäväni vangittiin tuolloin.

Valkoiset sotilaat olivat ratsastaneet autioon kylään, jossa ihmiset olivat piiloutuneet koston pelosta. Tutkijakomitea, nämä meidän pomomme, jotka olivat langettaneet monia teloitustuomioita, olivat lähes kaikki jo paenneet, kuka minnekin. Aseman komissaaren Metsävuoren valkoiset olivat saaneet kiinni lähestulkoon heti kun lahtarit saapuivat kylään. Asemakomissaari oli tietysti ollut juovuksissa, kun lahtarit olivat löytäneet hänet ja vanginneet. Asemankomissaari kuulemma ammuttiin. Muitakin valkoiset olivat ampuneet ja silloin ei oltu käyty oikeutta,

Vielä edellisenä päivänä oli taisteltu kylän

ulkopuolella läheisessä pienemmässä kylässä joen rannalla. Heti valkoisten lahtareiden tultua alkoi kosto. Sillä kostohan se oli, silmä silmästä ja hammas hampaasta.

Frans on vieressäni ja koskettaa arasti minua. Kaikesta huolimatta lämmin aalto tulvahtaa sisimpääni. Voi Frans! Joskus ajattelen, että emme ehkä koskaan olisi tulleet näin tutuiksi toistemme kanssa, ellei sotaa olisi ollut. Olin kylän naiskaartin päällikkö, Frans taas vallankumousoikeuden puheenjohtaja. Vallankumousoikeus käsitteli tavanomaisia riitajuttuja ihmisten kesken. Frans ei missään tapauksessa tarttunut aseisiin, hän ei edes tuominnut ketään kuolemaan. Hän vain ratkoi riita-asioita. Ja niin kuin Frans kertoi minulle, hän jätti asioita myös niin sanotusti pöydälle odottamaan parempaa aikaa. Näin kävi myös eräiden nahkatehtaan omistajien kanssa. Frans siirsi heidän asiaansa tuonnemmaksi. Tosin tutkijakomitea sitten tuomitsi omistajaveljekset kuolemaan.

Kaiken huipuksi Frans itse meni ilmoittautumaan valkoisille. Hän joutui vangiksi ja sitten tapasimme. Olimme toki tavanneet aikaisemmin työväenyhdistyksen kokouksissa ja yhdistyksen tapahtumissa, jossa hän oli aina vaimonsa kanssa ja minä ystävieni kanssa. Työväenyhdistyksen tapahtumissa emme olleet edes puhuneet toistemme kanssa, mutta kun piikkilanka-aidat ympäröivät meidät tiemme kohtasivat. Ilman Fransia en jaksaisi tätä, ehkä, mahdollisesti, varmasti en jaksaisi."

Elli katseli suuren kasarmin seinustalla kaukaisuuteen eli piikkilanka-aidan yli siniselle taivaalle, jossa toukokuun laskeva aurinko vielä jaksoi paistaa. Hän ajatteli elämäänsä, sillä nyt hän ei jaksanut kirjoittaa, ajatella vain. Ajattelu ei vienyt voimia kuten kynän piteleminen. Heille oli tarjottu edellisenä päivänä jotain soppaa, jossa oli uiskennellut jotain leivän palasia voikukan lehtien joukossa, pari perunan palaakin lautasella oli. Ellin ystävät, kylän Maria ja Alma toivat leipää silloin kun vartiossa oli nuori lapsenkasvoinen sotilas, joka antoi omaisten antaa vangeille ruokaa. Jos taas vartiossa oli kylän omia miehiä, niin vierailut olivat ehdottomasti kiellettyjä.

Jonain päivinä omaiset eivät saaneet tulla edes kasarmille. Elli ajatteli taas kirjoittamistaan, josta kaikesta huolimatta aiheutui Ellin ystäville harmia ja ongelmia.

Elli oli aina rakastanut kirjoja ja kirjoittamista. Nytkin hän yritti kirjoittaa jotain asioita muistiin. Ketä varten? Kai he joskus tapaisivat tuomarit ja kai heidät joskus siirrettäisiin oikeaan vankilaan pois piikkilanka-aitojen sisältä ja pois sinisen taivaan alta, joka ikään kuin ilkkui näitä resuisia ja laihoja ihmisiä siinä kentällä. Vapautumista Elli ei tohtinut ajatella. Jotenkin hän oli varma, ettei heidän kohdallaan ajateltu vapautumista. Elli tiesi, että monet punaisista olivat kuolleet, ammuttu. Elli ei uskonut, että hänet tultaisiin ampumaan tai ei Fransiakaan. Hehän eivät olleet tehneet mitään pahaa kuten suurin osa leirin ihmisistäkään ei ollut tehnyt mitään pahaa. Huhut, joita oli koko ajan, kertoivat, että lähes kaikki punaisten johtoihmiset olivat päässeet pakenemaan.

Ellin tummat silmät olivat väsyneet ja koko hänen ruumiinsa oli kuin hakattu ja joka jäsentä särki. Hän tunsi olevansa kuin lumpeenkukka, joka oli väkivalloin repäisty siitä tummasta mutta tutusta lammesta ylös, kaikkien näytille.

Ajatukset menivät taas sotaan ja edelliseen talveen. He olivat olleet vartiossa teiden risteyksissä kiväärit olalla, aina kaksi naista keskenään. He olivat kysyneet nimen ohikulkijoilta ja minne oli matkan suunta. Kyläläisethän he tunsivat, mutta sota oli tuonut paljon uusia ihmisiä kylään, joista kaikista ihmisistä ei voinut olla varmoja keitä he olivat. Kaikkein kauheinta olivat ampumiset. Kylän ulkopuolelta kuului ampumista myöhään illalla tai aamulla aikaisin. Kun ampumiset alkoivat eräänä iltana talvella, Hanna ja Elli olivat juuri silloin vartiossa. Kirkas pakkasilma oli vielä korostanut ampumisen ääntä. Tytöille oli tullut paha olo kuultuaan ampumisista.

- Mihin me olemme sotkeutuneet? kysyi Hanna silmät suurina, kun kylän laitamilla ammuttiin.

- Nyt on kai liian myöhäistä sanoa päälliköille, ettemme halua olla kaartissa.

Ellin ääni ei ollut enää yhtään varman kuuloinen.

Ampumisten alettua tytöt pelkäsivät vielä enemmän. Mitä jos heidän pitäisi ampua ihminen, joka ei vastaisi heidän kysymyksiinsä kylän tienristeyksissä vaan lähtisi karkuun? Mitäs jos heidät yllätettäisiin ja ammuttaisiin pimeälle tielle? Nuoret naiset pelkäsivät näitä talvisia vartiointivuoroja.

Elli, Hanna ja Selma olivat olleet myös työväentalon keittiössä tekemässä ruokaa sotilaille ja siivoamassa. Sitähän he olivat jo kotonakin perheelle tehneet. Nyt vain piti vähistä ruokatarpeista tehdä miehille ruokaa, jossa olisi muutakin kuin perunaa. Mutta kaikkein eniten Elli piti hoitajan työstä, kun piti hoitaa haavoittuneita ja sairaita, puhdistaa heitä ja sitoa haavoja. Haavoittuneita oli sijoitettu työväentaloon tai lukutuvalle eli rautatieläisten seurantaloon. Hoitajan työssä sai tuntea olevansa tärkeä ja sai tehdä arvokasta työtä. Kun ja jos sota loppuu joskus, haluan sairaanhoitajattareksi, ajatteli Elli, sillä täytyihän tämän kauheuden joskus loppua.

Hoitaessaan haavoittuneita ja sairaita ja tuntiessaan että he saivat avun, Ellikin tunsi jaksavansa taas seuraavaan päivään. Tosin sideharsoista oli lopulta huutava pula ja sotilaiden kipuakaan ei pystytty vähentämään, kun lääkkeitä ei ollut.

Kuitenkin hän tunsi olevansa suuremmaksi avuksi sairastuvalla kuin vartiossa kylän teillä.

Hän tiesi, että sodan jälkeen hän ehkä voisi toteuttaa unelmansa hoitajan työstä ja jo siitä ajatuksesta hän oli niin onnellinen kuin ylipäätänsä piikkilanka-aitojen sisällä voi olla. Franskin sanoi, että unelmia täytyi olla. Kohta olisi taas nimenhuuto ja sisälle meno. Unelman aiheuttaman valon pilkahdus sammui, kun Elli ajatteli kovaa, kylmää lavitsaa, kymmeniä naisia samassa huoneessa ja lukittua ovea, joka voisi avautua milloin tahansa ja sotilaat tulisivat hakemaan jonkun heistä.

14.5.1918

"Laitan päivämäärät, vaikka ketäpä se kiinnostaa. Päivät ovat melkeinpä samanlaisia, istumista, kävelyä ja juttelua.

Kaikkialla sama toivoton mieliala, joka menee ytimiin ja ihmisen sisimpään. Yritän nyt kirjoittaa siitä mitä tapahtui viikko sitten kylän keskustassa ruiskuhuoneella. Olen vältellyt aihetta koska se on niin pahaa, ettei ihmismieli pysty sitä käsittämään. Vieläkin itkettää ja saa koko ruumiin vapisemaan. *Miten tämä kaikki oli mahdollista?*

Sota, se teettää kaikkea, tekee ihmisistä hirviöitä ja koston kierre jatkuu, aina tuleviin sukupolviin asti. Minä tunnen, vaikka en sano sitä, mutta tämän sodan arvet eivät kovin helposti arpeudu. Tämän sodan jäljet näkyvät vielä pitkän aikaa. Voi olla, että tarvitaan toinen sota jotain ulkopuolista vihollista vastaan, jotta tämä sota, veli veljeä vastaan unohdetaan. Jaksanko kirjoittaa?

Viikko sitten olin kylän keskustassa ruiskuhuoneella. En tiedä miksi meidät naiset sinne kylän keskustaan marssitettiin sotilaiden ympäröimänä, mutta kasarmilta meidät tiukassa vartioinnissa vietiin ruiskuhuoneelle kylän keskustaan. Pari päivää aikaisemmin meidät oli viety vangiksi kasarmiin piikkilanka-aidan taakse ja nyt lahtarit sitten veivät meidät naiset kylän ruiskuhuoneelle. Siinä vaiheessa emme olleet vielä likaisia emmekä haisseet, mutta ihmiset katsoivat meitä silti. Jostakin tuli kivi ja jostakin hevosen lantakokkare.

Tulimme kylän keskustaan ison vuokrakasarmin taakse. Muistin, että eräs tuttavani koulusta asui siinä vuokrakasarmissa, isossa vaaleassa talossa, jossa oli kuistit ja ikkunassa pitsiverhot. Hänen isänsä oli töissä rautateillä ja he siis asuivat muutaman muun perheen kanssa siinä talossa.

Vuokrakasarmin takana oli mökki, jossa säilytettiin paloruiskuja. Meidät komennettiin ensin pesemään jotain vaatteita ja sitten kantamaan vettä laanille, heikosti vihertävälle nurmikentälle ruiskuhuoneen lähellä. Ihmisiä oli tullut seuraamaan työtämme. Siitä ihmismassasta en nähnyt ketään tuttua, kaikki oli yhtä massaa vain.

Ja sitten näimme sen. Näimme oudon saattueen, joka tuli ruiskuhuoneen luokse nurmikentälle. Likaiset miehet kantoivat purilaita. Purilailla oli ruumiita, niljaisia, resuisia ja ilmeisesti maan alla olleita.

Joillakin kuolleilla ei ollut kuin housut ja paita päällä, ulkotakit olivat jossain. Ruumiit olivat valkoisia ja kasvoilla oli kaikilla kauhea tuskainen ilme. Me naiset vain katsoimme ja tuijotimme. Me siis kannoimme ruumiinpesuvettä näille ammutuille, sillä jokaisessa oli ainakin neljä luodin reikää. En jaksa kirjoittaa, vieläkin vapisen."

Elli itki, kun hän palasi viikon takaiseen kauheaan tapahtumaan. Koko tapahtuma tuli hänen uniinsa edelleen. Silloin aamulla auringonpaisteessa ruiskuhuoneella oli ollut vain kauhu, mutta kun he palasivat vartioituna leiriin, niin satoi ja vankileiri näytti vieläkin kurjemmalta ja kaikki oli yhtä tuskaa. Ruiskuhuoneen ruumiit olivat olleet valkoisten, mutta ei sillä ollut nyt mitään väliä. He olivat ihmisiä, samanlaisia tuntevia ihmisiä kuin he, jotka kantoivat purilaita. Elli ei enää ajatellut, että oli vihollisia ja omia, oli vain ihmisiä, samankaltaisia ihmisiä. Heillä tapetuillakin oli perhe jossain, aivan kuten heilläkin, jotka olivat piikkilanka-aidan takana. Jossain oli kaikilla isä ja äiti, joilla oli ikävä.

Ruiskuhuoneella oli kaikki ollut painajaismaista. Kaikki tapahtumat olivat kulkeneet hitaasti ohi Ellin silmien. Hitaat liikkeet veden kantamisessa, konemaiset liikkeet ruumiiden pesussa. Hidas ja tyhjä katse kun Elli näki Fransin pesevän ruumista, jonka Frans oli tuonut toisen miehen kanssa purilailla ampumapaikalta. Ei edes helpotus Fransin näkemisestä helpottanut painajaismaista tunnelmaa. Osa leirin miehistä oli nimittäin aamulla nimenhuudon jälkeen käsketty jäämään paikalleen ja tuollainen tavoista poikkeaminen tiesi aina jotain pahaa leirissä. Frans oli paikalleen jäävien joukossa ja Elli oli melko varma, ettei näkisi ystäväänsä enää koskaan. - Mäkeen ne viedään, kuiskasi eräs nainen Ellin vierellä.

Elli oli ollut kuitenkin oudon helpottunut, kun näki Fransin kauheassa työssään. Frans oli elossa. Mutta painajainen jatkui. Kaikki tapahtui kuin pahassa unessa., tunnelma oli kuoleman merkitsemä. Ammuttaisiinko ruumiiden kantajat? Tuskin sentään kylän keskustassa keskellä aamupäivää, ajatteli Elli. Jotkut olivat tuoneet lapsensakin paikalle katsomaan irvokasta näytelmää. Miksi? Miksi lapsen täytyy kokea tämä kaikki, ajatteli Elli. Ellin ystävä Hanna seisoi siinä hänen vierellään valkoisin kasvoin ja nieleskeli, mutta Elli ei uskaltanut sanoa Hannalle mitään, kuten ei ylipäätänsä kenellekään muullekaan.

Valkoiset sotilaat olivat käskeneet jotain nuorta miestä pesemään ruumista. Poika kieltäytyi ja hänet ammuttiin niille sijoilleen. Viimeiseksi pojalla oli ollut hämmästynyt ilme kasvoillaan ennen kuin hän kaatui laanille ja veri virtasi hänen ruumiistaan pois. Tämän jälkeen heidät sitten oli taas tiukassa vartiossa viety kasarmille piikkilanka-aidan taakse. Ja sitten alkoi sataa.

Elli itki tätä aamupäivää vielä silloin kun miehet tuotiin kylältä takaisin pesemästä ruumiita. Elli itki, Hanna oli nuoren naisen vieressä totinen ja Frans seisoi itkevän Ellin vieressä surkeana ja pahoinvoivana.

Siitä oli viikko. Toukokuun kalpea, mutta lämmin auringonpaiste lämmitti heitä, likaisia, laihoja ja kurjia ihmisiä. Elli istui Hannan ja Lyylin kanssa pitkän kasarmin seinän vieressä ja he yrittivät olla mahdollisimman näkymättömiä. Vaikeaa se nuorille naisille oli ja varsinkin Ellille, joka ei sietänyt nähdä ihmisiä kiusattavan ja alistettavan niin kuin useat vartiosotilaat tekivät näille ihmisraukoille. Vartiosotilaat nimittelivät vankeja ja varsinkin nuoria tyttöjä he kopeloivat härskisti, kun muka täytyi tarkistaa ja tutkia heitä ihan liian perusteellisesti.

Frans oli heidän kanssaan usein ja vielä Fransin serkkukin, mutta nyt Frans oli jossain ja Elli oli hieman levoton. Hänelle Fransin läsnäolo merkitsi paljon. Hänet nähdessään Frans hymyili, vaikka paikka ja aika olivat hirvittäviä. Frans rauhoitti jo pelkällä läsnäolollaan Elliä, joka oli joinain päivinä romahtamispisteessä. Frans oli Ellin turva.

15.5.1918

"Olen niin väsynyt, mutta jotain yritän kirjoittaa, että pysyisin ajan tasalla. Melkein joka päivä olen kirjoittanut täältä helvetistä piikkilanka-aitojen takaa. Toukokuu ja säät ovat vaihtelevia. Kylmiä öitä ja aurinkoisia tai sateisia päiviä, jolloin ei jaksa tehdä mitään muuta kuin istua pitkän kasarmin seinustalla ja puhella Hannan ja Fransin kanssa. Onneksi täällä on ystäviä, muuten en jaksaisi. Meillä on vankeuden kymmenes päivä.

Muistan lapsuuden ihanat toukokuun päivät, jolloin koulun jälkeen kävelimme Hannan kanssa radan toiselle puolelle katsomaan, miten ihmiset siellä elivät ja olivat. Ei siellä paljon taloja ollut, mutta joillakin ihmisillä oli kauniit puutarhat ja joskus saimme eräältä vanhalta mieheltä edelliskesäistä puolukkaa syödäksemme. Puolukat olivat jotain taivaallista. Kerran löysimme pienen jäniksenpoikasen tieltä. Vein sen kotiin ja Taavetti veljeni teki sille häkin. En halunnut jättää pientä jänistä luonnon armoille. Tosin Hjalmar, joka oli metsästäjä, väitti jäniksen lihaa maukkaaksi. Pidin jänistä sen ajan, kunnes jänis kasvoi isoksi. Itkin kun päästin jäniksen hyppelemään niitylle. Hannan kanssa olimme syöttäneet ja silittäneet koko alkukesän jänistä ja pelkäsimme kovasti, miten se selviytyy luonnossa. Minulla on vain mukavia muistoja toukokuusta ja kesästä muutenkin. Valoisat yöt toivat toivon pilkahduksen muuten niin raskaaseen arkeen. Nyt valoisat yöt ovat ahdistavia.”

Elli nousi siitä seinän vierestä ja lähti veljeään etsimään. Jos hän ei tiennyt, missä Taavetti-veli tai Hanna tai Frans oli, hänelle tuli jonkinlainen levottomuus ja silloin täytyi lähteä etsimään ystäviä. Leiriltä oli viety ihmisiä ammuttavaksi. Kun koko olo oli pelkkää pelkoa itsensä puolesta ja ystävien puolesta, niin Ellistä tuntui kuin ei jaksaisi sitä kipua, joka oli koko ajan sydänalassa. Onneksi Taavetti näkyi jo tuolla Fransin kanssa kävelemässä häntä kohti. Taas sai hengähtää hieman, ajatteli

Elli. Toukokuu oli puolessa välissä ja kohta olisi kesä. Kesällä kaikki olisi helpompaa. Ehkä he pian tapaisivat tuomarit ja ehkä heidän asiansa käsiteltäisiin. Näin Elli halusi uskoa aurinkoisina päivinä, mutta sateisina ja pilvisinä päivinä usko tulevaisuuteen oli todella kovilla. Muutenkin Elli ajatteli paljon menneitä vuosia, menneitä kesiä ja menneitä talvia. Eikö ollut niin, että vain vanhat ihmiset muistelevat? Oliko hän vanhentunut parissa viikossa jo monta kymmentä vuotta näiden piikkilanka-aitojen puolella, kun hän vain muisteli aikaisempaa elämäänsä?

16.5.1917

"Aurinko paistaa jälleen. Tosin ei meidän vankien mielissä, mutta taivaalla kumottaa toukokuun keltainen ja samalla kirkas aurinko, joka kuivattaa meidän vaatteemme ja hiekkakentänkin, jossa istumme. Olen ollut täällä piikkilankojen takana yksitoista päivää ja se tuntuu loputtomalta. Meitä on täällä paljon, kaikki ei ole meidän kyläläisiämme, vaan joukossa on vangittuja muualta. Olivat saaneet kiinni pakenevia punaisia jossain Kotkaan päin mentäessä ja sitten ne tuotiin tänne leiriin.

Meitä on täällä pieni joukko suuren joukon keskellä. Meidän pieni joukkomme yrittää tavata joka päivä. Joukkoomme kuuluu minä, veljeni Taavetti, Hanna, Lyyli, Frans ja Fransin serkku Emil. Meidän joukkoomme kuuluu vielä lisäksi Anna-Mari ja hänen lapsensa Maija. Joskus ryhmäämme kuuluu Selma, mutta kun Selman isäkin on leirissä, niin Selma ei paljon meidän pienessä ryhmässämme ole.

Anna-Marin pikku tytär Maija on kolmetoistavuotias ja minusta lapsi. Miksi lapsia tuodaan tänne leiriin? Täällä on muitakin lapsia, ei aivan pieniä mutta sellaisia kymmenvuotiaita. Maija on pieni, hento lettipäinen tyttö, jonka lapsenkasvoissa on alituinen hätääntynyt ilme. Jos vankeus on meille aikuisille vaikeaa niin mitä se on lapsille. Joskus me saadaan Maijan kasvoille syttymään pieni hymy, mutta se on harvoin se.

Veljeni Taavetti on laiha poika, minua vuoden nuorempi, kahdenkymmenen kolmen. Taavetti on pitkä ja vaalea. Hän oli ollut sotimassa Mäntyharjun rintamalla, mutta oli tullut kotiin ennen kuin valkoiset lahtarit tulivat kylään. Olen aina suojellut Taavettia. Taavetti on aikaansaapa, mutta myös haaveilija ja hiljainen mies. Tuollakin hän parhaillaan istuu Fransin ja Emilin kanssa hiljaisena eikä oikeastaan ota osaa keskusteluun.

Hanna on minun ystäväni jo kouluajoilta. Hän istuu tuossa vieressäni ja sanoo että kirjoita hänestä jotain mukavaa jälkipolville. Mietin vain kuka jaksaa joskus lukea näitä paperilappusia, joita säilytän pienessä pussukassa hameeni poimuissa. Hanna on vaalea ja hänen siniset silmänsä ovat kauniit. Miten jollain voi olla niin pitkät silmäripset?

Olemme olleet ystäviä kansakouluajoilta saakka. Sitten myöhemmin me kuuluimme työväenyhdistykseen ja yhdessä me liityimme punakaartiin. Koko talven me vartioimme yhdessä teitä ja joskus siltojakin. Olimme hoitamassa haavoittuneitakin. Mutta emme ampuneet laukaustakaan, se on tosi. Hanna vangittiin samoihin aikoihin kuin minäkin. Hanna oli leikannut pitkät vaaleat hiuksensa lyhyeksi sodan alussa, mutta hiukset ovat jo kasvaneet pituutta. Minä en leikannut hiuksiani, sillä rakastan omaa lettiäni, joka minulla on ollut lähes koko elämäni ajan.

Hannan kanssa kävimme koulua ne neljä vuotta, mutta siinä missä minä olisin halunnut jatkaa koulunkäyntiä, Hanna oli omien sanojensa mukaan vain onnellinen, kun koulun ovet sulkeutuivat 12-vuotiaana.

Hannan perheeseen kuuluu isä, äiti, kaksi nuorempaa siskoa ja veli. Veli oli rintamalla tai oli ollut siellä, sillä tällä hetkellä ei kai rintamaakaan ole, kun on rauha. Ja minkälainen rauha? Täällä leirissä kulki aina jotain huhuja. Joku oli aina tietävinään jotain, yleensä pahaa. Lahtarit etsivät edelleen punaisia. Punaisia pakolaisia oli paljon ja ne meidän johtajamme, tutkijakomitean jäsenet olivat paenneet kylästä jo hyvän aikaa ennen valkoisten tuloa. Meitä täällä leirissä on paljon ja jostain syystä olen hieman katkera. Suurin osa meistä on syyttömiä, mutta ne oikeat syylliset ovat jossain pakomatkalla.”

Elli hymyili Hannalle ja Hanna otti Ellin likaisen käden omaan yhtä likaiseen. Elli sulki silmänsä ja mietti heidän elämäänsä. Kirjoittaa ei voinut paljoakaan, kun ei ollut paperia, mutta ajatella pystyi melkein aina, vaikka ihmisiä oli paljon ympärillä. Hannan kanssa he olivat kasvaneet yhdessä, olivat ihastuneet ensimmäisen kerran. Elli Hannan veljeen ja Hanna Ellin veljeen Hjalmariin. Hanna taisi olla vieläkin ihastunut Hjalmariin kun taas Elli ei ollut enää ihastunut Hannan vanhempaan veljeen, joka oli jo naimisissakin. Hjalmar oli Elliä vanhempi pari vuotta. Hjalmar oli pitkä, tukeva ja hänen kouransa olivat työmiehen kourat. Hjalmarilla oli tummat hiukset kuten Ellilläkin ja yhtä tumman harmaat silmät kuin sisarellaan. Siinä kun Taavetti oli hiljainen ja vähäpuheinen Hjalmar oli puhelias, sanavalmis ja tyttöjen mieleen hymykuoppineen.

He molemmat sisarukset olivat aina kuin yhteisestä sopimuksesta pitäneet nuorimman Taavetin puolta. Oli joskus lapsuudessa ollut kausia, etteivät Elli ja Hjalmar olleet puhuneet toisilleen juurikaan mitään, mutta se ei tarkoittanut, että he olisivat olleet vihoissaan. Ellillä ei ollut vain mitään puhuttavaa 15-vuotiaalle veljelleen ja Hjalmar tuskin halusi jakaa jonkun kolmetoistavuotiaan lettipään ajatuksia siitä mitä kaikkea sisko oli tehnyt päivällä. Se oli ollut silloin. Nyt he kummatkin olivat aikuisia ja tehneet oman päätöksen osallistuessaan sotaan oman maansa puolesta.

Siinä Hannan vieressä istuessaan Ellin ajatukset menivät ja tulivat kuin levottomat linnut tai kun tuuli. Ympärillä oli paljon ihmisiä, nälkä kurni suonissa ja kaikkialla oli tympeä likaisuuden haju ja myös ehkä pelon haju. Se haju lähti heistä, Ellistäkin.

Nyt Elli ajatteli Almaa, hänen ja Hannan ystävää, joka ei ollut osallistunut sotaan. Alma ei ollut niin pitkäaikainen ystävä Ellille kuin Hanna, mutta Hannan kautta hän oli tutustunut tähän hiljaiseen hymyilevään tyttöön paremmin. Alma se uhkasi vaaraa ja joskus onnistui tulemaan piikkilanka-aidan luokse tuomaan heille kuivaa leipää.

Alma oli pienikokoinen, vaaleahiuksinen ja ruskeasilmäinen. Hänellä oli yksi sisko ja vanhemmat, jotka asuivat kuljettajien kaupunginosaksi kutsutussa kylän osassa. Siellä asui lähinnä rautatieläisiä. Elli muisti kuinka oli vierastanut pientä Almaa, sillä Alma ontui toista jalkaansa ja hänen ruskeat silmänsä olivat kierot. Toinen silmä katsoi minne suuntaan tahansa, toisen pysyessä normaalina. Tämä oli aiheuttanut Ellin varautuneisuuden Alman ollessa läsnä.

Oppiessaan tuntemaan Alman Ellin oli helppo pitää tästä nuoresta naisesta. Alma oli hienokäytöksinen, kiltti ja hymyilevä. Hän oli lahjakas piirtäjä, joka oli joskus piirtänyt Ellistäkin kuvan. Alman vanhemmat eivät osallistuneet sotaan kummallakaan puolella, ei työväestön eikä valkoisten. Jollakin tapaa he onnistuivat pysymään irti koko sodasta. Alakulon hetkinä Elli katui, että hän itse oli niin hanakasti osallistunut työväenasian puolesta taisteluun. Tosin jos ei mitään tee asioiden puolesta, ei voi odottaa, että asioiden laita muuttuisi, ajatteli Elli. Mutta hän epäili tällä hetkellä koko työväenasiaa ja sotaa.

Alma yritti tuoda ystävilleen leipää pari kertaa viikossa, mutta helppoa se ei ollut.

Jos vartijoina oli oman kylän miehiä tai jotain ihan vieraita jostain muualta Suomesta, Almaa ja muita omaisia ei päästetty lähellekään piikkilanka-aitoja. Jos taas vartijoina oli nuoria miehiä jostain lähialueilta niin silloin oli helpompi viedä vangeille leipää. Tosin huhuttiin, että kaikki vieraat kasarmille kiellettäisiin.

Sitten heidän pieneen joukkoonsa kuului Lyyli, kylän nuori nainen, joka oli vangittu jo huhtikuussa jossain rintaman lähellä, sillä Lyyli oli lähtenyt rintamalle toisten naisten kanssa. Lyyli oli ollut yleisenä naisena omien sanojensa mukaan vangitsemisen jälkeen jossain väliaikaisella leirillä. Tämä oli pelastanut hänen henkensä ja hänet oli junalla tuotu tänne nykyiselle leirille.

- Kyllä minä selviän. En halua luovuttaa, sanoi Lyyli. - Meitä ne voi pitää täällä piikkilanka aitojen sisällä, mutta meitä ei nujerreta. En kadu lahtareiden ampumista pätkääkään, enkä makaamista heidän kanssaan, sillä makaamalla sotilaiden kanssa, sain leipää leirin lapsille. Siellä leirissä tosiaan oli *lapsia.* Raakalaismaista. Mutta miehet ovat niin heikkoja ja alttiita nuorille naisille, puhui Lyyli ja Lyylin ruskeat silmät olivat totiset ja hän painotti sanaa *"raakalaismaista"*

Sellainen oli Lyyli, kahdessa leirissä ollut. Elli jotenkin uskoi Lyylin tähän väitteeseen, mutta olisiko hänestä itsestään ollut tuollaiseen. Lyyli oli ruskeatukkainen, laiha ja pitkä nainen ja omien sanojensa mukaan ampunut kymmenen lahtaria.

Ellin mielestä tämä viimeinen Lyylin väite piti myös varmaan paikkansa, sillä Lyyli oli tunnettu kovasta luonnostaan ja ampumaharrastuksestaan. Lyyli osasi ratsastaakin. Rauhan aikana kylän teillä oli nähty Lyyli monta kertaa ratsastamassa isänsä hevosella. Lyyli ratsasti kuin miehet. Lisäksi Lyyli oli iltamissa hurmannut nuoria miehiä naurullaan ja rohkeudellaan. Ennen sotia Lyyli oli kävellyt nuorien miesten kanssa kylän raitilla rohkeasti. Lyylistä sai vaikutelman, että hän olisi kevyt kenkäinen, mutta oikeastaan Lyyli oli rohkea ja älykäs. Joskus Elli kadehti Lyylin rämäpäisyyttä. Lyyli yritti leirilläkin saada vartiosotilaita hurmattua, mutta leirin komentaja, suojeluskunnan päällikkö Essen ei katsonut hyvällä Lyylin touhuja. Viime aikoina Lyyli oli ollut heidän seurassaan epätavallisen hiljainen.

Oli Ellikin ollut rakastunut tai ainakin ihastunut ennen sotaa erääseen nuoreen mieheen, Mauno Jokelaan. Mauno kuului myös kylän työväenyhdistykseen. He olivat tutustuneet kylän voimisteluseuran tapaamisissa. Nuori Elli oli ollut loputtoman ihastunut, kun Mauno, tumma ja kaunissilmäinen nuori mies huomasi hänet ja alkoi viettää aikaa tapaamisissa hänen vierellään. Pian he alkoivat kävellä kylällä toistensa kanssa silloin tällöin. He kävelivät yhdessä kylän kaduilla vapaailtoina. He kävivät yhdessä iltamissa, siellä heitä nuoria oli tietysti muitakin. Varsinkin vuosi ennen sotaa, vuosi 1917 oli ollut rakastumisen tai ihastumisen aikaa, mietti Elli.

Oliko hän rakastunut kaunissilmäiseen Maunoon? Jos ei ihan rakastunut niin ainakin ihastunut ja kovasti. Päivä ilman Maunoa oli pitkä ja ikävä. Halusiko nuori mies vielä nähdä Ellin? Illalla kun he näkivät, Ellin jännitys laukesi, kun Mauno halusi nähdä hänet edelleen. Heillä tuntui olevan paljon juteltavaa, ainakin aluksi.

Mauno oli vähän vanhempi kuin Elli ja töissä rakennuksilla. Toki Maunolla oli ollut ennen Elliä tyttöystäviä, kerrottiin. Puheiden mukaan oli ollut paljonkin tyttöjä, mutta Elli oli pojan mielestä se ainoa ja kaunein. Kun Mauno oli sanonut tämän, Elli ihmetteli kuinka joku voi sanoa noin kauniisti hänestä ja sitten käyttäytyäkin hienosti Ellin seurassa.

Aluksi kaikki oli ihanaa. Elli odotti iltaa ja nuoren miehen tapaamista. Hän vain ihmetteli, kuinka Hjalmar suhtautui nuivasti Maunoon ja ei paljon puhunut hänelle.

– Sisko, älä pety, jos tuo ihastus ei ole pysyvää, sanoi veli kerran.

Elli ajatteli asiaa, mutta ei paljon pannut painoa veljensä sanoille, sillä juuri silloin Hjalmar oli surullinen, kun Hanna käveli erään toisen pojan kanssa ja Hanna oli käynyt tuon nuoren miehen kanssa yhdessä elävissä kuvissakin.

Mauno oli sitten kerran humalassa. Elli näki hänet toisen miehen kanssa lähtiessään lauantaina töistä kangaskaupasta ja lukitessaan liikkeen ovea. Elli meni piiloon ja seurasi kahden nuoren miehen hoippuvaa kävelyä torille päin hienoissa vaatteissa komeat hatut päässään. Molemmat polttivat tupakkaa ja puhuivat kovaäänisesti. Olihan Elli nähnyt humalaisia aiemminkin, jopa hänen isänsä oli silloin tällöin humalassa lauantaisin, mutta isä oli hiljainen hyväntuulinen jurottaja ja meni aina puuliiteriin ajattelemaan asioita, niin kuin äiti tapasi sanoa. Elli päätti ottaa vain pieneksi puheeksi Maunon juomisen, sitten kun he näkisivät toisensa seuraavan kerran.

He tapasivat sitten sunnuntaina ja Mauno oli ilmeisesti nukkunut humalansa pois, sillä hän näytti siistiltä ja hyväntuuliselta mutta väsyneeltä. Elli ei viitsinyt sanoa mitään. Harvoinkos sitä miehet joivat ja kun se ei vaan tulisi tavaksi.

Elli huokaisi istuessaan lyhyellä nurmella piikkilanka-aitojen takana. Kuinka pieneltä näyttivät kaikki aikaisemmat huolenaiheet täältä piikkilankojen läpi katsottaessa. Niin elävänä kaikki tapahtumat tulivat hänen mieleensä, että hän oli unohtanut kauhean nykyisyyden, likaisuuden ja ainaisen pelon. Jopa pitkä, iso kasarmi, jossa he olivat yötä vieri vieressä toistensa kanssa, näytti taas niin luotaantyöntävältä, vaikka rakennus antoi heille jonkinmoisen suojan vielä kylmiä toukokuun öitä vastaan.

Elli otti käsiinsä hiekkaa ja antoi valua sen sormiensa lävitse. Ennen vangitsemistaan Ellillä ei ollut aikaa niin turhanpäiväiseen touhuun, kun katsoa kuinka kuiva hiekka valui hänen sormiensa välistä. Kaikkea tämä vankeus teettää, ajatteli Elli ja antoi hiekan valua sormiensa välistä ainakin vielä viisi kertaa. Hanna hänen viereltään oli lähtenyt Anna-Maria katsomaan. Frans istui Taavetin kanssa vähän matkan päästä Ellistä ja Elli huomasi Fransin joskus katsovan häneen. Kun heidän katseensa kohtasivat, Frans hymyili Ellille ja nuoren naisen lävitse kävi lämmin värähdys. Nuori nainen oli sillä hetkellä onnellinen.

Viimeisenä rauhan kesänä, viimeisenä kesänä ennen sotaa Alma meni naimisiin. Alman sulhanen oli pitkä laiha nuori mies, jolla oli ruskeat hiukset ja ruskeat silmät. Tämä Topias Kivi oli hyväkäytöksinen nuori mies. Hänen molemmat vanhempansa olivat yhteiskoulun opettajia ja Topias itsekin oli käynyt yhteiskoulua. Hänen vanhempansa olivat maltillisia politiikassaan. He ilmeisesti kannattivat senaatin päätöksiä, mutta eivät kuitenkaan katsoneet pahalla työväestönkään toimia ennen sotaa. Punaiset olivat sodan alussa pidättäneet Topiaan isän, kertoi Alma. Punaiset olivat kuitenkin vapauttaneet herra Kiven ja antoivat heidän sitten olla rauhassa.

Topias oli nähnyt Alman Ellin ja Hannan kanssa elävissä kuvissa ja iltamissa, jossa tytöt olivat käyneet. Nuori mies oli lähestynyt Almaa jutellakseen tytön kanssa, joka oli ujo ja hiljainen. Alma suhtautui varauksellisesti kaikkiin uusiin ihmisiin. Hän ei luottanut ihmisiin ja hänestä sai äkkiseltään sellaisen kuvan, että hän olisi ollut jotenkin ylpeä. Se kaikki johtui varmasti Alman kieroista silmistä ja ontumisesta.

Topias, tämä nuori mies ei lannistunut. Kerta kerran jälkeen hän lähestyi väistelevää Almaa ja niinpä he sitten alkoivat kulkea yhdessä ja käydä elävien kuvien teatterissa ja talvella luistinradalla, jonne muutkin nuoret kokoontuivat. Alma ei luistellut, mutta Topias lennätti hentoa, pikkuista Almaa kuin höyhentä ollen itse luistimilla. Ellistä oli kaunista ja vähän haikeaakin katsella Alman ja Topiaan onnea. Toki hän itsekin oli ollut talvella rakastunut tai ehkä vain ihastunut Maunoon, mutta se oli niin erilaista. Elli huokaisi taas siinä istuessaan lyhyellä nurmella ja katsoi ympärilleen. Missä oli Hanna? Heti kun Hannaa, Fransia tai Taavettia ei näkynyt vähään aikaan, oli Elli huolissaan. Hannan kanssa Ellillä oli sellainen yhteys, jota ei hevillä rikottu.

Häät olivat olleet pula-ajasta huolimatta hienot. Almalla oli ollut valkoinen leninki, vanhasta juhlaleningistä ommeltu uusiksi. Elli sen oli tehnyt keväällä, kun Alma oli jo julkikihloissa Topiaan kanssa. Jostain oli kangaskauppaan saatu hienoa läpinäkyvää valkoista kangasta ja Elli oli saanut ostaa sen kesämorsiamelle. Siitä tuli kaunis huntu Almalle. Alma kyllä sanoi, että huntua varmaan lainattaisiin muillekin, sillä harvoin sota-aikana niin hienoa kangasta näki kuin Alman hunnussa.

Vihkiminen tapahtui rautatieläisten talon

juhlasalissa, joka oli riittävän tilava ja koristeltu luonnonkukkasin ja joukossa oli myös paperikukkasia. Hääpäivän sää oli ollut kaunis, tuntui kuin sotaa ei missään käytäisikään. Aurinko paistoi, linnut lauloivat ja kyläläisiä oli kokoontunut rautatieläisten talolle juhlistamaan Alman ja Topiaan vihkimistä. Paikka oli melko suurellinen, mutta Alman isä oli rautateillä töissä ja sinä iltana ei ollut mitään tapahtumia rautatieläisten seuratalolla. Hanna ja Elli olivat yhdessä morsiamen kanssa koristaneet rautatieläisten seurantalon salin. Ja vaikka Elli itse sanoikin, salin koristelu oli ollut onnistunut. Voi kuinka paljon he Hannan kanssa olivat juosseet kylän läheisillä niityillä keräämässä erilaisia ja erivärisiä kukkia.

Juhlissa oli tarjottu voileipiä, keittoa, jossa oli vähän suolalihaa ja paistettuja silakoita. Ruoka oli vaatimatonta, mutta sitä oli reilusti. Ellille tuli nälkä, kun hän ajatteli häiden ruokia.

– Muistatko Alman häät? Kysyi Elli, kun Hanna saapui hänen luokseen. Hanna istuutui Ellin viereen lyhyelle nurmelle.

Hanna nyökkäsi tuskin havaittavasti ja hymyili ystävälleen. Häät olivat olleet kauniit ja tunnelmalliset, aivan kuin toisesta, erilaisesta maailmasta. Ei tästä kauheasta tämänhetkisestä maailmasta. Hannan suurissa silmissä oli kosteaa.

Elli ajatteli, että Alma oli kaunis morsian ja Topias komea sulhanen, Tai ainahan toki morsiuspari oli komea ja kaunis.

- Tulemmekohan me koskaan morsiamiksi ja saadaanko koskaan järjestää omia häitämme? puhui Hanna hiljaisella äänellä. Ellin kurkkua kuristi jokin näkymätön, kuristava ote.

Hanna katsoi alakuloisesti piikkilanka-aidan toiselle puolelle, jonka ulkopuolella kävelivät sotilaat aseet olalla. Hänen kuvitelmansa olivat kauniimpia kuin nykyinen todellisuus. Sotilaat eivät kyllä epäröisi ampua, jos vain saisivat syyn siihen.

– Täytyy vain uskoa siihen asiaan, vaikka vaikeaa se on. Hjalmar olisi hyvä mies sinulle.

Elli hymyili ystävälleen. Hannan likaiset kasvot punastuivat.

– En edes tiedä missä Hjalmar on. Onko hän paennut? Sotahan on jo loppu. Tai vielä pahempaa, jos hän on vankina jossain tai ammuttu. Sotilaat tuomitaan heti.

Hanna oli kauhuissaan, Elli näki sen. Hanna oli yleensä rauhallinen ja tyyni, mutta yhdentoista päivän vankeus sai heidän kaikkien hermot kireäksi. Oli loputonta pelkoa, loputonta nälkää ja kurjuutta. Joitain vankeja oli kuollut jo mahatauteihin ja kuumeeseen.

Elli rauhoitti Hannaa tarttumalla nuoren naisen käteen ja pian Hanna torkkui jo lyhyellä nurmella Ellin vierellä. Elli ajatteli taas Alman häitä ja Maunoa. Mauno oli kutsuttu häihin, vaikkei hän sulhasen ja morsiamen ystävä ollutkaan. Mauno oli Ellin seuralaisena häissä. Hän oli pitkä ja hyvin pukeutunut ja humalassa. Toki muutkin vieraat illan kuluessa juopuivat, mutta Mauno oli ollut jo juhlien alussa hienoisessa humalassa. Ellistä se oli ollut tukalaa. Kun Elli ja Hanna olivat nauraneet jollekin vanhalle asialle, Mauno siinä vieressä oli ollut vihaisen näköinen ja vihainen jostain syystä myös Ellille.

– Mitä te nauratte? Oli Mauno kysynyt tytöiltä, jotka vastasivat nauravansa eräälle vanhalle jutulle, joka ei varmaan edes kiinnostaisi Maunoa.

Mauno kärttämällä kärtti Elliä kertomaan jutun, joka koski jotain Hannan ja Ellin ystävää kouluajoilta. Mauno ei tajunnut jutun hauskuutta ja mutisi jotain tyhjänpäiväisyyksistä, jota Ellin oli vältettävä. Tuolloin oli Elli huomannut ensimmäisen kerran nuoren miehen totisuuden ja huumorintajuttomuuden. Mutta Elli ei miettinyt asiaa kauan, sillä tyttöjen luokse tuli muita nuoria ja joku laittoi gramofonin soimaan. Elli rakasti musiikkia ja hän meni lähemmäs kuuntelemaan musiikkia Hannan kanssa. Mauno näytti totiselta, kun hän seurasi tyttöjä gramofonin ja toisten nuorten luokse.

Elli muisti kuinka hän, Hanna ja Mauno sitten kävelivät häistä kotia kohti. Mauno oli hiljainen, Hanna aristeli Maunoa ja Ellillä oli kaikesta huolimatta levoton ja jotenkin paha olo. Mauno oli humalassa, mutta ei paljon. Tytöt eivät paljon puhuneet ja työväentalon kulmilla Hanna lähti kotia päin ja Ellikin pysähtyi sanoakseen Maunolle hyvästit.

– Mitä se toisten kanssa nauraminen oli siellä häissä? Sinunhan piti olla minun kanssani, sanoi Mauno äkkiä ja tarttui Elliä olkapäistä.

– En ymmärrä. Mehän olimme koko illan yhdessä. Ja minä saan puhua ja olla ystävieni kanssa. Elli alkoi suuttua miehen totisuuteen ja huumorintajuttomuuteen.

– Sinä olet minun kanssani, Mauno oli sanonut hampaittensa välistä ja katsoi ilkeästi Elliä. Elliä vieläkin kylmäsi miehen silloinen katse.

– Olet humalassa ja se ei ole ainoa kerta. Me molemmat menemme kotiin ja huomenna sitten puhumme asiat selviksi. Elli oli lähdössä, mutta Mauno puristi tyttöä olkapäästä.

– Voit sinä kuitenkin suukon antaa, kun noin suutuit.

Elli riuhtaisi itsensä irti ja lähti nopeasti kävelemään kotia päin ja hetken hän pelkäsi, että mies seuraisi häntä. Mauno oli kuitenkin jäänyt työväentalon kulmalle tupakoimaan eikä lähtenyt perään.

Elli mietti jälkeenpäin miehen käytöstä pitkään ja kysyikin mieheltä jotain hänen käytöksestään, mutta Mauno oli kuin ei muistaisi koko asiaa. He jatkoivat koko syksyn kävelyä kylän keskustassa yhdessä ja tapasivat toisiaan myös työväentalolla kokouksissa ja iltamissa. Mutta jokin kiila oli lyöty heidän välilleen.

Syksy saapui sitten koko väriloistossaan. Puut olivat värikkäitä, oransseja, punaisia ja keltaisia. Oli syksyisiä kirkkaita päiviä, jolloin taivas loisti kuultavan sinisenä. Syksyn värikylläisyys oli jotenkin räikeänä vastakohtana syksyisen kylän tunnelmalle. Syksy oli synkkä ja jotain synkkää oli myös kylän ilmapiirissä. Tuntui kuin kaikki kyräilisivät toisiaan. Ihmiset olivat tulleet epäluuloisiksi jokaista kohtaan.

Sota alkoi sitten tammikuussa, kun koko syksy oli ollut epävarmuutta ja Venäjälläkin oli taas ollut vallankumous. Oltuaan sodan alussa ensin kylän joukoissa Mauno lopulta lähti keskiselle rintamalle jonnekin Mäntyharjun suuntaan. Elli oli toisaalta helpottunut, kun Mauno ei enää ollut häntä tarkkailemassa ja uteliaan näköisenä hakemassa häntä töistä ja kysymässä keitä kaikkia tyttö oli päivän aikana tavannut. Ellillä ei ollut miestä ikävä.

17.5.1918

" Aurinko yrittää paistaa pilvien raoista ja linnut laulavat. Onneksi ne eivät tiedä tätä kauheutta, missä me olemme. Ihmiset ovat totisia ja väsyneitä. Kaikilla meillä on nälkä ja jano. Ruoka on kuin likavettä, jossa uiskentelee joitain perunan palasia. Juomavettä saadaan vain ihan vähän. Kaikki varmaan toivoisivat sateita, että saisivat vettä juodakseen. Jos joskus täältä pääsee pois niin en koskaan valita ruuasta ja olen kiitollinen jokaisesta vesitilkastakin. Alma on tuonut meille kuivaa leipää ja Frans joskus antaa leipänsä minulle eikä halua, että kieltäytyisin."

Sää oli päivisin lämmin, mutta yöt olivat kylmät. Nytkin aurinko paistoi lähes kirkkaalta taivaalta. Elli raapi ihoaan ja päätään. Kynsien alle jäi pieniä liikkuvia eläimiä. Täitä. No niitä oli varmaan kaikilla. Linnut lentelivät taivaalla. Jotenkin linnuista oli tullut Ellille kuin vertauskuva vapaudesta. Piikkilankojen ulkopuolella alkoivat leskenlehdet kukkia. Niiden täyteläiset keltaiset kukat toivat mieleen muiston lapsuudesta ja lapsuuden keväistä. Aikuisena leskenlehtiä ei huomannut, mutta nyt, tällä hetkellä Elli tunsi rakastavansa näitä vaatimattomia kevään ensi kukkasia. Voikukkiakin oli jo näkynyt. Joskus Ellille tuli mieleen, että näkisikö hän koskaan kesää, pääsisikö hän koskaan enää kävelemään kukkaniitylle. Pääsisikö hän koskaan joen rannalle katsomaan Kymijoen tyyntä virtausta merta kohti? Joessa oli jotain rauhoittavaa. Ehkä se oli joen suuruus ja leveys? Ehkä joen sinisyys, joka hohti aina erilaisena. Taivaskin tuntui olevan erivärinen vapaudessa, jotenkin kauniimman sininen. Entä auringonlaskut joella?

Ellin kurkkua kuristi ja kuumat kyyneleet valuivat likaisille, kapeille poskille. Heillä oli ollut tapana ottaa Hannan isän vene ja lähteä soutelemaan Kymijoelle. Joskus oli Hjalmar tai Taavettikin mukana. Vene oli liukunut vedessä rauhallisesti. Hanna ja Elli olivat uittaneet käsiään vedessä. Kaikki oli rauhallista. Hanna oli katsellut Hjalmaria unelmoiva ilme kasvoillaan. Hjalmar oli hymyillyt Hannalle ja sitten heittänyt vettä tytön päälle. Hyvä ettei vene ollut kaatunut, kun Hanna oli kastellut vuorostaan Hjalmarin. Se oli ollut silloin rauhan aikana, toisessa maailmassa. Ellin mielestä sekin kuului toiseen aikaan ja toiseen elämään. Kuinkahan monta erilaista elämää ihmisellä voi olla, mietti Elli. Hänelläkin oli ollut jo kolme eri elämää, lapsuus, nuoruus ja nyt *tämä elämä*. Tämä viimeisin oli kuin pahaa unta, josta toivoi vain heräävänsä ja saisi huomata, että oli taas kotona äidin ja isän luona tutussa omassa vuoteessaan.

18.5.1918

" Kolmastoistapäivä vankeutta. Minulla

on paperia ja Frans on löytänyt jostain uuden lyijykynänkin minulle. Vain lähimmät tietävät tästä kirjoitusharrastuksestani ja ihmeekseni suhtautuvat siihen myötämielisesti. Minkälaiseltahan kylä näyttää ulkopuolella vankileirin? Nämä kasarmit, venäläisten rakentamat punatiiliset rakennukset olivat ennen minusta niin kauniita rakennuksia. Ei ole enää. Jos joskus pääsen täältä pois, niin menee kauan, ennen kuin pystyn tulemaan tälle alueelle. Minä rakastan omaa kylääni, jossa olen asunut koko elämäni. Rautatie menee läpi pienen kylän. Vanha kaunis asemarakennus seisoo jäyhänä paikallaan ja ravintolarakennus sen vieressä. Kummatkin ovat vaaleita puisia rakennuksia. Asema on mielestäni kylän sydän ja rakas minulle.

Asemalta lähtee puukuja kylän keskustaan ja valtamaantielle. Valtamaantie on hiukan suurellinen nimitys tielle. Tämä Valtamaantie on hiekkatie, kesällä pölyinen ja sateella kurainen ja sateen jälkeen kuoppainen, mutta sen varrella on paljon kauppoja ja asuintalojakin. Minun työpaikkanikin kangas- ja vaatetusliike on

Valtamaantien varrella lähellä toria.

Olin ennen sotaa kangaskaupassa myyjänä ja pidin työstäni. Pidin ihmisten palvelemisesta ja ihmisten kanssa juttelusta. Se kaikki loppui sotaan. Sodan aikana ihmiset muuttuivat. Ensin punaiset olivat vallan päällä ja tekivät kotietsintöjä ja takavarikoivat aseita. Paljon myös vangittiin vastapuolella olevia, siis valkoisia. Osa päästettiin vapaaksi kuulustelujen jälkeen ja tietysti vapautetut valkoiset kyläläiset lähtivät salaa pois kylästä valkoisten puolelle jonnekin Pohjanmaalle, näin kerrottiin.

Puhuttiin myös jostain etappiteistä, joita valkoiset käyttivät. Jotkut talolliset nimittäin antoivat turvapaikan valkoisille ja lähettivät heidät seuraavaan taloon, niin että lopulta mies pääsi valkoisten puolelle rintamalle. Siihen asti, kun punaiset olivat vallassa kylässä, me saimme olla rauhassa.

Kun liityin kylän työväenyhdistykseen, aloin lukea Marxia ja Engelsia, jotka olivat kyllä vaikeaselkoisia. Rosa Luxemburg ja Liebknecht olivat jotenkin tajuttavissa. Viimeksimainitut ovat puolalais-saksalaisia vasemmistopolitikkoja. Rosa Luxemburg on myös filosofi ja vallankumouksellinen. Yksi kohta heidän kirjoituksistaan, joita yritin tajuta, on jäänyt mieleen. Luxempurg oli sitä mieltä kirjoituksessaan, että taistelu kapitalismia vastaan oli itsenäisyyttäkin tärkeämpää. Hän katsoi kansojen itsemääräämisoikeuden voivan toteutua vasta kun monarkia ja kapitalismi on voitettu Euroopassa. "

Elli laski kynän kädestään ja laittoi sen ja paperin hameensa poimuihin piiloon. Hän ajatteli kaikkea sitä mitä oli lukenut Rosa Luxemburgista. Rosa Luxemburg ja hänen aatetoverinsa olivat kai tällä hetkellä vangittuina Saksassa, koska he olivat järjestäneet julkisen mielenosoituksen Saksan sotaan osallistumista vastaan. Niin oli lehdessä kirjoitettu. Miksi ylipäänsä piti sotia? Kansojen itsemääräämisoikeus ja tasa-arvoisuus toteutuu vasta kun kaikki ovat tasa-arvoisessa asemassa kirjoitti Rosa Luxemburgkin. Mutta tarvitaanko siihen sotia? Eikö tasa-arvo voi toteutua ilman sotia ja riitoja? Kysymyksiä, kysymyksiä, joihin ei ollut vastauksia. Tai Elli ainakaan ei osannut vastata tuollaisiin kysymyksiin.

Elli mietti, oliko hänellä ja hänen ystävillään ollut mitään venäläisiä sotilaita vastaan täällä kylässä? Venäläiset sotilaat ja heidän perheensä olivat samanlaisia ihmisiä kuin kyläläisetkin. Joistakin venäläisistä oli jopa tullut hyvän päivän tuttuja kyläläisten kanssa. Elli ei edes vihannut nykyään keisariakaan, joka oli ollut kuitenkin yksi syy Venäjän vallankumoukseen ja sen jälkeiseen aikaan. Elli tiesi, että ihmisten suuret tuloerot, todellinen köyhyys ja kurjuus olivat saaneet ihmiset kapinoimaan ja se oli hyvä asia. Ei yksi keisari ja hänen sukulaisensa voi pitää yllä vain omaa elintasoaan ja siten kaikki alamaiset saavat siitä kärsiä. Keisari teki oikein luopuessaan kruunusta maaliskuussa vuonna 1917. Keisaria oikeastaan piti sääliä tai mieluummin hänen tyttäriään ja poikaansa, jotka olivat jossain kaukana vankeudessa. Ellistä tuntui, että keisari olisi ollut onnellisempi ehkä vain tavallisena perheenisänä. Vankeudessa ajatukset muuttuivat hempeämielisiksi, mietti Elli. Nyt hän tunsi sääliä Nikolaita ja hänen perhettään kohtaan. Muutenkin Ellin ajatukset harhailivat, sillä kun nälkä tuli oikein voimakkaana niin ajatukset heittelehtivät ja poukkoilivat sinne tänne. Rosa Luxemburg ja keisari ja kylän tutut venäläiset menivät sekasotkuisina kuvina hänen väsyneiden silmiensä ohi.

Voi kun hän pääsisi kuulusteluun ja tälle ainaiselle pelolle ja levottomuudelle tulisi jokin päätös, ajatteli Elli. Epävarmuus oli kauheinta. Mutta pian taas Elli ajatteli sotatalvea ja kevättä, vaikka ne hän juuri tahtoi unohtaa.

Vuosi sitten kevät ennen sotaa oli ollut rauhallisen oloista, vaikka maaliskuussa oli keisari syrjäytetty ja uusi hallinto tullut Venäjälle. Kylässäkin oli venäläisiä juhlittu kovasti, muisteli Elli. Kun venäläinen ministerivaltiosihteeri Ismailovits pysähtyi kylän asemalle maaliskuussa edellisenä vuonna, paljon ihmisiä oli sinä päivänä asemalla vilkuttamassa ja hurraamassa ministerivaltiosihteerille, joka piti pienen puheenkin. Osalla ihmisistä oli rintapielessään punainen ruusuke. Ellikin oli mennyt veljensä Hjalmarin kanssa asemalle katsomaan hurraavia ihmisiä. Kaikki olivat niin innoissaan, kun viimeinkin keisarivalta oli kukistettu. Työväenyhdistys oli järjestänyt kansalaiskokouksen tuolloin yhteiskoulun salissa. Veturimiesten soittokunta soitti Kansainvälisen ja Marseljeesin. Ihmisiä oli ollut tapahtumassa paljon, kuten Elli, Hjalmar ja Hannakin. Pian kuitenkin tuli tieto, että Helsingissä venäläiset sotilaat olivat ampuneet upseerejaan ja myös Viipurissa oli ollut tappeluja.

Elli huokaisi ja vieressä torkkuva Frans katsahti naiseen. Kaiken kurjuuden keskellä Ellin oli pakko hymyillä Fransille. Kuinka hän kestäisi, jos ei olisi Hannaa ja Fransia?

Elintarvikepula paheni ja syksyllä Suomen eduskunta otti korkeimman vallan ja sitten myöhemmin joulukuussa hyväksyi itsenäisyysjulistuksen. Suomi oli nyt itsenäinen ja muu maailma sekasortoisessa tilanteessa. Venäläisiä sotilaita oli vielä syksylläkin Suomessa. Kylässäkin venäläiset sotilaat olivat riehuneet asemaravintolassa. He olivat murtautuneet junanvaunuun asemalla ja tuoneet ravintolan tarjoilijattarille hajuvesiä ja tanssittaneetkin heitä. Hanna oli juuri silloin työssä asemaravintolassa ja saanut hajuveden, jonka oli jättänyt asemalle. - En pitänyt sen tuoksusta ja minusta ei ollut soveliasta ottaa vastaan lahjoja, sanoi Hanna myöhemmin Ellille. Elli ei ollut koskaan saanut hajuvettä ja olisi edes yhden kerran halunnut tuoksutella hajuvedellä.

Venäläiset sotilaat olivat sitten tappaneet venäläisen kirkon papin ja jättäneet hänet junaradalle. Vaikka Ellille uskonto ei merkinnyt oikeastaan mitään niin tuollaista väkivallan tekoa pappia kohtaan oli vaikea hyväksyä, vaikka pappi oli ollut venäläinen ja venäjän kirkkolainen. Maailma oli yhtäkkiä muuttunut levottomasta sekasortoiseksi. Elli ei aina tiennyt ketä uskoa, kenen tekoja piti pitää hyväksyttävinä ja pahempaa oli tulossa.

Elli ja Hanna liittyivät punakaartiin. He aloittivat vartioinnin tiellä ja auttamisen työväentalolla ja sairaalaksi muutetussa rautatieläisten seuratalolla. Muitakin naisia liittyi punakaartiin ja Ellistä tehtiin naisten johtaja. Ei hän siitä pahemmin perustanut, ei hän halunnut komentaa ja äkseerata tuttuja naisia.

Mauno liittyi tietysti punakaartiin. Ensin Ellistä oli komeaa kävellä nuoren miehen kanssa kylällä vaikkei Maunolla mitään sotilasvaatteita ollutkaan.

Kerran talvella he sitten menivät Maunon kanssa Kylän poliisivartiokamarille, jossa punaisten tutkijakomitea istui ja langetti tuomioita valkoisille tai valkoisiksi luulemilleen ihmisille.

Elli oli kuullut tästä tutkijakomiteasta, jonka jäljiltä poliisikammarin putkat olivat täynnä vangittuja lahtareita. Mielellään kyläläiset eivät sinä talvena menneet poliisivartiokonttorin lähelle.

Sinä päivänä Mauno asteli reippain askelin poliisivartiokonttorin ovesta sisään Elli mukanaan. Elli ei pitänyt asiasta ja hän oli jo kieltäytynyt lähtemästä, mutta Mauno oli omaan itsekkääseen tapaansa suorastaan käskenyt Ellin kävelylle poliisikammarille. Vielä matkallakin Elli yritti vetäytyä raskaasta matkasta, mutta Mauno oli itsepäinen.

– Minulla on sinne asiaa ja sinä tulet mukaan.

Ja taas kerran Elli mietti, miten hän oli niin tahdoton, ettei päässyt eroon Maunosta, kun sitä alkuajan ihmeellistä tunnetta miestä kohtaan ei enää ollutkaan.

Pimeän porstuan kautta astuttiin vastaanottohuoneeseen, jossa istui pitkiä miehiä tupakkia poltellen. Elli tunnisti kolme miestä työväenyhdistyksestä. Miehet tervehtivät Maunoa ja jäivät katsomaan Elliä, joka isoissa lapasissaan ja huopikkaissaan tunsi itsensä vaivautuneeksi ja hämilliseksi. Ulko-ovi kävi ja sisään astui pitkä laiha mies, joka pälyili hermostuneesti ympärilleen silmissään tuijottava katse. Miestä tervehdettiin ja Elli kuuli, että miestä kutsuttiin Adamssoniksi.

– Mitäs mies? Maunolta kysyttiin ja Ellin kauhuksi Mauno etsi tuolin ja aikoi kai jäädä poliisikammarille joksikin ajaksi.

– Milloin mies lähtee rintamalle? Nyt tarvitaan keskisellä rintamalla miehiä.

– Sinnehän tätä olisi tarkoitus mennä piakkoin, Mauno sytytteli tupakkiansa. Elli kuuli ensimmäistä kertaa tästä asiasta. Vai aikoi Mauno lähteä rintamalle.

Miehet juttelivat keskisen rintaman tapahtumista, punaisten voitoista ja valkoisten tappioista, joista tapahtumista Ellikin oli työväentalolla kuullut ja tajunnut kyllä valkoisten menestyksen sodassa olevan parempi kuin mitä tässä huoneessa puhuttiin.

– Lahtarit painaa päälle, mutta meillä on panssarijunia kaksin kappalein, kun taas lahtareilla on vain yksi.

Juttu jatkui siihen asti, kun ovi aukesi ja viereisestä huoneesta tuli lyhyt mies, joka kovaäänisesti kiroili ja vannoi vielä ammuttavansa kaikki sellit tyhjiksi lahtareista. Miehen katse huomasi Ellin, joka oli juuri kuiskaamassa Maunolle, että heidän pitäisi lähteä.

– Kukas tämä neiti on? Onko kyläläisiä? Onko kaartissa? Miehen katse oli ilkeä ja läpitunkeva.

Elli pystyi vain nyökkäämään. Hän ei pitänyt miehestä yhtään. Mies hymyili ja hymy toi mieleen suden tai suuren koiran.

– Oletkos kaartissa? Kysyi edelleen tuo

mies ja sytytti toisen tupakin.

Elli pystyi edelleen vain nyökkäämään. Huoneen ilma oli sakeana savusta ja mielialaa ei ollenkaan kohentanut istuvat tutkijakomitean miehet, jotka tuijottivat nuorta naista. Mauno jutteli yhden miehen kanssa ja johtaja, pistäväsilmäinen mies nimeltään Saarinen, joka oli Ellistä kysellyt, puhui kovalla äänellä edelleen jostain ampumisista ja pyrstötähdestä, joka lakaisee maata, kun lahtarit ammutaan. Elli sanoi näkemiin ja lähti huoneesta porstuan kautta ulos. Hän ei enää haluaisi nähdä kyseisiä miehiä. Mauno tuli jonkin ajan kuluttua ulos ja oli tietysti vihainen ja kysyi, miksi Elli niin äkkiä lähti pois.

– Se herättää epäilyjä, sanoi Mauno kireästi hampaittensa välistä ja Elliä itketti siinä poliisivartiokonttorin kulmalla.

Hän vannoi taas kerran tuolloin, ettei haluaisi tavata näitä miehiä enää ja ei kai näkisikään, ajatteli Elli vankileirissä muistellessaan talvista kauheaa käyntiä poliisivartiokonttorilla. Huhut kertoivat, että tutkijakomitean käskyllä oli ammuttu paljon kylään tuotuja ulkopaikkakuntalaisia valkoisten miehiä, joiden joukossa oli ollut paljon pappejakin. Näitä juuri Frans ja muut vangit olivat olleet kantamassa haudoista kylän keskustaan. Huhujen mukaan tutkijakomitea oli paennut jo ennen kuin lahtarit tulivat kylään ja kai he jo olivat jossain kaukana turvassa.

Mikseivät ihmiset voineet elää sovussa ja rauhassa? Miksi aina täytyi tapella? Koko Euroopan sota oli jo kestänyt neljä vuotta ja tämä Suomi, jota he kaikki halusivat rakentaa kansakunnaksi, oli joutunut sodan kurimukseen mukaan. Ellin ajatukset karkasivat taas talveen, jolloin kaikki sotivat, kylässä oli ankeaa ja pelottavat laukaukset kylän laitamilla aina yöllä tai varhain aamulla herättivät kyläläiset, niin aikuiset kuin lapsetkin. Kylän laitamilla ammuttiin vangittuja valkoisia ihmisiä.

Elli ajatteli leirissä iltanimenhuutoa odottaessaan Hanna siinä vierellään erästä sotatalven huhtikuun iltaa, jolloin he Hannan kanssa olivat tulossa Hannan tädiltä, joka asui kylän ulkopuolella jonkin matkaa joelle päin. Lähellä kylää oli suuri ja leveä joki, joka joskus oli ollut valtakuntien rajanakin, Ruotsin ja Venäjän. Tie kulki junanradan vieritse, kunnes tuli joen rantaan. Joen yli juuri siinä kohtaa oli rautatiesilta ja tämä rautatie jatkui aina Helsinkiin asti. Radan toinen pää oli Pietarissa. Sodan aikana etelän radat olivat punaisten käytössä.

Tien toisella puolella oli metsää ja jossain vaiheessa tie sukelsi metsään, jossa oli muutamia pieniä mökkejä. Matkustavaiset, jotka aikoivat joen yli hevosen kanssa, joutuivat menemään jonkin matkaa alavirtaan lauttarannalle, jossa nimensä mukaisesti oli lautta matkustavaisia varten. Hannan täti asui melkein metsässä, mutta tädin pikkuruisesta harmaasta mökistä ei ollut junaradalle tai lauttarantaankaan pitkä matka. Tytöt olivat vieneet tädille niin harvinaiseksi tullutta herkkua kuin vehnäpullaa. Täti oli kärsinyt kovasta kuumeesta ja nyrjähtäneestä nilkasta koko kevättalven. Hannan äiti oli kerännyt kaikki jauhot, jotka suinkin oli löytänyt ja säästänyt kaikki sokerit ja leiponut sisarelleen vehnäpullaa. Sitten tytöt olivat ajaneet Hannan isän vanhalla hevosella tädin luo ja viettäneet lämpimän ja hauskan illan vanhan neidin luona.

Sota tuntui olevan kaukana sinä huhtikuun lopun päivänä, jolloin tytöt kerrankin saivat vapaasti nauttia vapaapäivästä. Elli ja Hanna olivat olleet lähes joka sotapäivä joko vartiossa risteyksissä ja teillä tai siivoamassa työväentaloa ja punaisten esikuntaa. Toisinaan he molemmat oli komennettu rautatieläisten talolle, jossa hoidettiin haavoittuneita. Sota oli kestänyt jo kolme kuukautta ja tytöt olivat väsyneitä vartioimiseen, ainaiseen pelkoon ja siihen tummaan synkkyyteen, joka kylässä vallitsi. Ihmiset tuntuivat kyräilevän toisiaan. He eivät enää oikeastaan hymyilletkään puhumattakaan nauramisesta.

Kylä oli vielä punaisten hallussa, mutta useat isot kaupungit olivat jo valkoisten valloittamia. Joskus tuntui siltä kuin tämä kaikki vartiointi ja sotiminen keskisellä rintamalla olisi ollut vain tekohengitystä, sillä kyllähän asiat rintamalla olivat huonosti. Sen tajusi Elli ja sen tajusi Hanna kuunnellessaan työväentalolla sotilaita.

Pääasiassa sotilaiden puheet olivat ylistystä punaisille sotilaille, jotka tekivät sankaritekoja rintamalla, mutta jostain tuli joidenkin puheisiin pieni vivahdus huolta ja pelkoakin. Jos vain Elli voisi vetäytyä toisten naisten kanssa sotatoimista pois, antaa aseet pois ja vain lähteä kotiin ja unohtaa koko sodan, ajatteli Elli tuolloin.

Tuona huhtikuun iltana palatessaan Hannan tädiltä, tytöt antoivat hevosen kävellä hiljakseen ja rauhallisesti kapealla peltotiellä. Oli harvinaisen hiljaista. Sodan alussa tyttöjä ja muitakin kyläläisiä oli kauhistuttanut salaperäiset öiset punaisten partiot kylätiellä ja ainaiset kotietsinnät ja tavaroiden takavarikoiminen. Mutta kaikkein kauhistavinta olivat yölliset ja varhain aamulla tapahtuneet ampumiset kylän laitamilla, jonne punaiset veivät tuomittuja valkoisia ja ampuivat heidät peltoon. Elli ei voinut käsittää näitä ampumisia, vaikka sodassa hän olikin yksi sotilaista. Tietysti ammutut olivat vihollisia, mutta yhtä kaikki samanlaisia ihmisiä kuin hän, kyläläiset ja ampujatkin. Olivat siellä kylän laitamilla ampuneet pappejakin. Eikö varoitus ja vangitseminen olisi riittänyt? Olisivat laittaneet valkoiset lahtarit kasarmiin piikkilanka-aitojen sisään ja odottamaan oikeuden käyntiä. Elli tiesi kyllä, että sodassa ei tuolla tavalla toimittu, mutta tässä vaiheessa sotaa tappaminen ja ylipäänsä sotilaana oleminen oli kauheaa ja raskasta, yhtä helvettiä.

Tytöt juttelivat hevosen rattailla hiljaisella äänellä juuri näistä ampumisista, joita he eivät hyväksyneet. Äkkiä jostain kuului junan ääni ja kylästä päin tuli hiljaa juna, epäilyttävän hiljaa, Veturin vetämissä vaunuissa oli jotain ylimaallisen pelottavaa. Elli pysäytti hevosen.

– Outo aika junalle? Mihinköhän se menee? Hanna kysyi pelkoa äänessään. Ellin ääni värisi pelosta, kun hän vastasi melkein enemmän itselleen kuin toverilleen.

– Se meni niin hiljaa. Kaikki on niin epäilyttävää. Joen varren kasarmillakin on kuulemma vankeja.

Kylässä oli kasarmi, mutta puoli peninkulmaa kylästä joen rannalla oli pienempi kasarmi, jossa oli huhujen mukaan ankara ja ilkeä komendantti, oli Elli kuullut.

Mies oli nuori, mutta kova ja piittaamaton toisia ihmisiä kohtaan. Elli käänsi kärryt kapealla, pimeällä tiellä ja lähti jokea ja kasarmia kohti.

– Uskallatko mennä tuonne päin? Jos meidät on huomattu? Luulevat vielä valkoisiksi.

Hanna tarttui Elliä käsipuolesta. Elliäkin pelotti, mutta hän halusi tietää miksi juna meni pimennetyin lyhdyin, hiljaa ja kummitusmaisesti kohti rautatiesiltaa. Ja olihan heillä lupalaput mukana, jos heidät pysäytettäisiin. Hehän olivat punaisia sotilaita.

Vähän matkaa takaisin päin kuljettuaan he kuulivat hiljaisessa myöhäisillassa laukauksia ja ne laukaukset tulivat rautatiesillalta, jonne juna oli aavemaisesti mennyt. Elli käänsi hevosen ja käski Hannan pitää lujasti kiinni. Hän hoputti hevosen raviin ja siitä laukkaan. Paikoin kapea tie ei ollut missään hyvässä kunnossa, mutta Hannan isän ruskea hevonen tuntui varmajalkaiselta ja nopealta vaikka vanha hevonen olikin.

– Jos ne näkivät meidät, jos ne tulee

meidän perään, Hanna puhui vapisevalla
äänellä ja Elli samaistui Hannan pelkoon.
Kylän ensimmäiset talot jo näkyivät ja Elli
uskalsi hiljentää hevosta kevyeen juoksuun
ja sitä kautta käyntiin.
   – Mikä sai minut sinne rautatiesillan
suuntaan kääntymään? Jos meidät olisi
nähty? Ellin ohjia pitelevät kädet vapisivat
vieläkin ja hänestä tuntui, että koko hänen
ruumiinsa oli kuin hyytelöä. Kuinka hän
olikin ollut tyhmä. Hanna tarttui ystäväänsä
kädestä.
   – Meitä ei nähty, olen varma siitä.
Kenetköhän ne ampuivat?
   Olivathan he kuulleet ampumisista, joita
lähes koko ajan tapahtui. Alussa oli kauheaa
kuunnella, kun kuularuiskut papattivat siellä
kylän laitamilla. Jossain vaiheessa oli ollut
huhuja, että ampumiset kylässä
lopetettaisiin ja siirrettäisiin joen rannalle.
No nyt ampumiset olivat siis sielläkin
alkaneet.
   – Kävelytetään hevosta vähän aikaa.
Mitäköhän isäsi sanoo, kun hevonen on ihan
hikinen ja märkä?
   Elli huolehti jo hevosesta, joka hiljakseen

käveli kotia kohti. Hevonen höyrysi ja pärskähteli. Tytöt ajoivat kuljettajien kaupunginosaksi kutsutun alueen läpi, vaikka kylä ei ollut mikään kaupunki, ei edes kirkonkylä. Hanna asui lähellä työväentaloa ja toria kuten Ellikin niin että he joutuivat kulkemaan pimeän ja hiljaisen kylän läpi. Tyttöjä oli jo odotettu, koska heidän tullessa pihaan talon ovi kävi ja Hannan isä tuli pihalle.

– Mitä te olette hevoselle tehneet? Ja missä te viivyitte? Hevonenhan on ihan märkä.

Hannan isä herra Hyväri oli jo riisunut tamman valjaista ja puhui itsekseen ja tytöille tiukkaan sävyyn. Hän kävelytti hevosta pientä tallia kohti ja pajatti vielä itsekseen.

– Voin tulla huomenna kävelyttämään tammaa, Elli huikkasi tallin ovelta. Hannan isä laittoi vilttiä hevosen selkään.

– Parasta olisi kyllä. Ravikilpailujako ajoitte vai miksi hevonen on märkä?

– Puhutaan sitten sisällä siitä mitä tapahtui, sanoi silloin Elli hiljaisella äänellä.

Aika oli sellaista, että seinilläkin oli korvat

ja kehenkään ei voinut luottaa. Tutkijakomitea sai tietää kaiken. Elli ei luottanut pahamaineisen tutkijakomitean kuuteen mieheen ollenkaan. Talvinen käynti poliisivartiokonttorilla ja tutkijakomitean synkkien jäsenten näkeminen oli jäänyt painajaismaisena Ellin mieleen. Elli pelkäsi tutkijakomitean jäseniä, eritoten sen johtajaa Saarista.

Tytöt istuivat Hannan kodin pienessä keittiössä. Kodikas tuli rätisi ja ritisi uunissa. Hannan äiti rouva Hyväri oli jättänyt tytöille pari leipäpalaa ja teetä.

– Mitä on tapahtunut? Hevonen kyllä oli kunnossa. Te olette vähän pelästyneen näköisiä. Ihan valkoisia. Hannan isä sytytti tupakin.

– Isä, meidän oli pakko juoksuttaa Liinukkaa kovaa, me pelkäsimme.

Hanna alkoi kertoa, mitä he olivat Ellin kanssa nähneet: pahaenteisen hiljaa kulkevan junan pimennetyin lyhdyin, kovat kajahtelevat laukaukset sillalta ja pelon jos heitä alettaisiin ajaa takaa. Hannan vanhemmat kuuntelivat hiljaa ja totisina. Tytöt olivat sinä talvena kokeneet niin paljon ja kaikkea pahaa, että Hannan vanhemmat olivat valmiita tekemään kaikkensa sillä hetkellä, etteivät nuoret naiset joutuisi enää vartioon ase kädessä. Hannan isä menisi heti seuraavana päivänä puhumaan tyttöjen puolesta, että he pääsisivät pois kaartista, puhui pappa Hyväri. Tunnelma Hyvärien keittiössä oli surkea sinä iltana. Hiljaisesti kuin vieläkin peläten, tytöt kävivät puusohvaan vierekkäin nukkumaan. Uni antoi odottaa itseään. Mukava päivä päättyi surullisesti.

Aamulla Hannan isä teki turhan matkan punaisten johtajien luokse. Mutta mikä auttoi, kaartista ei vain lähdettykään pois ja seuraavana päivänä tytöt olivat taas vartiossa kylästä pois johtavalla tiellä aseet kädessä.

Myöhemmin Elli ja Hanna saivat kuulla, että sillalla oli ammuttu viereisen tehdasyhdyskunnan tehtaan johtaja Björkenheim ja joku lääkäri ja pari muuta miestä. Kylässä alettiin pelätä oikein toden teolla tutkijakomitean toimia, sillä tehtaanjohtaja tiedettiin maltilliseksi mieheksi, joka piti myös työväestön puolta, vaikka rikas ja valkoisten puolella olikin.

Siitä huhtikuun illasta tuntui olevan ikuisuus, vaikka siitä oli vain muutama viikko. Kaikki tapahtumat ennen vankileiriä kuuluivat toiseen maailmaan, toiseen elämään. Ellistä tuntui kuin hän olisi syntynyt uudestaan joutuakseen tähän kamalaan vankileiriin. Ihmiset alkoivat kokoontua iltanimenhuutoon kuin lehmäkarja. Sitten kaikki vangit komennettiin pitkään kasarmiin sisään. Elli ja Hanna kävelivät hitaasti ja vaitonaisina huoneeseensa, jossa jo parikymmentä naista laittautui nukkumaan. Normaalioloissa sellainen naislauma olisi aiheuttanut melko paljon melua, mutta kuin aaveet he kaikki etsivät jonkin paikan huoneessa, joka oli muutettu selliksi. Levoton ja painajaisten täyttämä yö alkoi.

Kolmas viikko

19.5.1918

" Paperi ja kynä, arvatkaakas kuka näitä kirjaimia tässä muodostaa. Olen Hanna, Ellin tai viralliselta nimeltä Elinin ystävä ja nyt myös vankitoveri. Tänään on sunnuntai ja halusin kirjoittaa jotain tähän paperilappuseen, jonka Frans, tuo turvamme taas jostain taikoi. Haluaisin olla yhtä huoleton kuin nämä kirjaimet ja sanat, joita raapustan ja siksi en halua vaipua alakuloon ja sukeltaa sinne syvään kuiluun, johon Elli sanoo aika ajoin sukeltavansa. Elli istuu tässä vieressä Maija vierellään. Pikku-Maijalla on kuumetta, mutta Maijan äiti Anna-Mari ei halua, että tyttö viedään leirin sairaalarakennukseen pois hänen luotaan.

Olen Hanna, Kylän oma tyttö. Ellin kanssa

kävimme koulua yhdessä, tosin vain kansakoulun, mutta minulle se oli tarpeeksi. Elli olisi halunnut jatkaa jopa oppikouluun saakka, mutta jotain tuli esteeksi, jonka nimi oli herra Kokko.

Muistan kun me pienenä leikimme Ellin kanssa kotia ja hienoja neitejä. Kesällä meillä oli hienoina hameina jostain ullakolta löydetty viltti, hevoselta haiseva ja rikkinäinen mutta hienosti se hameeksi kävi. Me hienot neidit leikimme tanssiaisia ja olimme puhuvamme ihailijoillemme. Kaikkein eniten rakastin Ellin kanssa käyntejä kylän luistinradalla talvi-iltoina. Vaikka itse sanon, olimme molemmat hyviä luistelijoita Ellin kanssa. Ellihän kuului myös kylän voimisteluseuraan ja on myös hyvä voimistelija.

Nytkin silmieni eteen tulee kylän luistinrata, sen reunoilla olevat isot lumivallit. Luistinrata oli illalla vähän aikaa valaistu huonosti valaisevilla lampuilla. Sinnehän kylän nuoret kokoontuivat illan suussa.

Voi sitä riemua ja naurua! Oppikoululaiset olivat aluksi erillään meistä muista, mutta kauan ei sellaista eriarvoisuutta siellä katseltu. Me kaikki olimme nuoria ja iloisia. Siitä ajasta tuntuu olevan ikuisuus ja oikeastaan se kuuluu jo toiseen maailmaan."

Hanna laski kynän kädestään ja katsahti vierellä istuvaan Elliin ja pikku-Maijaan. Elli piti Maijaa kainalossaan kuin pientä lintua ja pieni lintuhan Maija oli, laiha, kalpea ja suurisilmäinen. He olivat Ellin kanssa puhuneet siitä, kuinka ne lahtarit lapsiakin tänne piikkilanka-aitojen sisään vangitsivat. Jos ne meitä aikuisia haluavat rankaista, jättäköön lapset pois siitä rangaistuksesta, ajatteli Hanna.

Frans tuli Ellin veljen Taavetin kanssa siihen heidän luokseen. Taavetti oli laihtunut entisestään, ainahan Ellin nuorempi veli oli ollut laiha ja kun Taavetti oli vielä pitkä, niin laihuus korostui tosi paljon. Taavetti oli hiljainen pohtija, jota Elli ja Hannakin olivat aina ikään kuin suojelleet. Taavetti ei ollut osallistunut sotaan alusta asti, mutta huhtikuussa tapahtui punakaartiin pakkoväräväys ja siinä sitten Taavettikin sai käskyn osallistua sotaan Mäntyharjun rintamalla. Oli väärin, että herkkä Taavetti oli pakotettu sotimaan. Hanna mietti, ettei hän ollut kuullut Taavetin paljokaan puhuvan edes rauhan aikana. Piikkilanka-aitojen takana Taavetti vietti aikaansa heidän kanssaan ja jutteli harvakseltaan myös Fransin kanssa ja seurasi miestä kuin koira. Hanna tunsi itsensä niin suunnattoman surulliseksi, kun hän katsoi heidän pientä ryhmäänsä. He eivät olleet tehneet mitään pahaa, vartioineet ja hoitaneet haavoittuneita Ellin kanssa. Taavetti pukeutuneena pomppaan ja isoihin saappaisiin oli osallistunut rintamalla sotaan, vaikkei sotilaalta näyttänytkään.

Frans, rauhallinen, sävyisä mies ja vallankumousoikeuden puheenjohtaja ei ollut tarttunut aseisiin ja ei ollut edes langettanut mitään tuomioita. Anna-Mari ei ollut osallistunut sotaan, vaan vangittu ainoastaan siitä syystä, että hänen miehensä oli rintamalla punaisten puolella. Ja täällä he nyt olivat ja odottivat että pääsisivät joskus kenttäoikeuden eteen ja vastaaman kenttäoikeuden kysymyksiin. Hanna oli muistelutuulella.

– Elli, muistako elävissä kuvissa käyntejä?

Kylässä oli elävien kuvien teatteri, joka oli aktiivisessa käytössä kyläläisten ja venäläisten sotilaiden välillä. Venäläiset sotilaat viettivät aikaansa elävien kuvien teatterissa kyläläisiä enemmän.

– Vai muistanko? En varmaan koskaan unohda niitä kokemuksia.

Ellin tummat silmät saivat hetkeksi samanlaisen loisteen kuin rauhan aikana. Elli muisti varsinkin ensimmäisen käyntinsä elävissä kuvissa. Filmit olivat lyhyitä. Kuvat olivat kuin eläviä, ne liikkuivat ja automobiilit liikkuivat valkokankaalla nopeasti pitkin teitä. Ympärillä oli pimeää ja jostain salin edestä kuului pianon soitto. Elli rakasti musiikkia, sen soljuvaa melodiaa, joka tuli sitä äänekkäämmäksi, kun filmin tarinassa tapahtui jotain dramaattista. Monet soittokappaleista muistuttivat virtaa, joka soljuu rauhallisesti joen uomaa pitkin jonnekin missä on meri. Kaiken kaikkiaan Elli oli omasta mielestään elänyt hyvän nuoruuden sodasta huolimatta. Elämä silloin ei ollut tarjonnut mitään jännittävää seikkailua, mutta Ellille entinen elämä tällä hetkellä oli taivas ja paratiisi, vaikkei hän taivaaseen uskonutkaan, ei ainakaan paljon.

– Muistatko niitä rautatieläisten talon iltamia? Hanna kääntyi Elliin päin. Hanna tuntui olevan puhetuulella ja hyvä niin. Muuten he kaikki kohta vaipuisivat toivottomuuden syvyyksiin ja pohjamutiin. Elli hymyili.

– Vai muistanko? Se kuuluu toiseen elämään, mutta unohtaa en voi. Oli mukavaa mennä iltamiin hienosti valaistuun ja lämpimään rakennukseen. Rautatieläisten talolla sain ensi kertaa tanssia. Ellin harmaat kasvot saivat muistelusta terveemmän värin.

Hanna ja Elli ja Alma olivat käyneet iltamissa aina kun oli vähänkin rahaa. Iltamien ohjelma seurasi aina tiettyä kaavaa. Ensin oli tervehdyspuhe, sitten soittoa, joko rautatieläisten soittokunnan tai työväen soittokunnan. Sitten taas puhe. Lopuksi oli näytelmä ja ihan lopuksi tanssia, jota oikeastaan nuoret aina odottivat. Toinen huvipaikka oli kylän hotelli-seurahuone kylän keskustassa, jossa tytöt olivat olleet kerran naamiaisissa.

– Muistatko ne naamiaiset kylän seurahuoneella? Hanna puhui taas Ellille.

– Siellä oli kyllä mukavaa, mutta lupaahan meillä ei ollut kuin kaksi tuntia, tosin siellä vierähti silloin vähän pidempään.

Tytöt olivat saaneet luvan olla vain pari tuntia seurahuoneella, kun seuraavana päivänä oli kuitenkin työpäivä. Nämä suuret laskiais-naamiohuvit, kuten lehti mainosti, järjestettiin juuri ennen kuin sota Venäjän ja Saksan välillä syttyi. Hanna oli pukeutunut keisari Aleksanteri I:n aikaiseen pukuun, jonka hän itse oli ommellut. Elli taas oli pukeutunut jonkinlaiseen 1700-luvun malliseen pukuun, jonka oli itse pääosin tehnyt.

– Minähän lainasin meidän naapurin rouvan hääpukua ja vähän sovelsin sitä, muistatko?

Ellin kasvot loistivat hänen muistellessaan pukua, jonne oli laittanut rimssuja ja nauhoja metreittäin. Tosin ne kaikki hän oli ottanut puvusta pois sitten seuravana päivänä ja siellä ne rimssut ja silkkinauhat olivat hänen sänkynsä vieressä kotona korissa.

– Niistä minä teen sinulle vielä rimssuhameen Maija, sanoi Elli pikku tytölle, joka hehkui kuumeesta kuin puuliesi hänen vieressään.

– Tytölle pitäisi saada vettä, puhdasta sellaista. Menenkö hakemaan?
Frans oli siinä vieressä. Elli sanoi, että hän voisi jaloitella hieman ja ehkä naiselle vartijat antaisivat mieluummin vettä kuin miehelle.

Hanna ja Elli lähtivät kävelemään vankijoukkoon ja etsimään vartijaa, jolta voisi pyytää lapselle vettä. He toivoivat kummatkin mielessään, että vartioina ei olisi ketään oman kylän miestä vaan niitä vieraita sotilaita, joiden hallinnassa tämä leiri oli. Tuolla he näkivät jo sotilaan aidan takana.

– Hoi. Me tarvittaisiin juomavettä. Lapsi on kipeänä, pyysi Elli nuorelta sotilaalta, joka seisoi ase kädessä aidan ulkopuolella.

– Älä valehtele, ei täällä lapsia ole. Itsellenne te punahuorat sitä vettä haette, mies vastasi ja vastaus oli selvästi ristiriidassa sotilaan nuorten kasvojen kanssa.

– Tätä ei olla nähtykään. Tämä on joku uusi, kuiskasi Hanna Ellille.

– Meillä on täällä lapsi ja se on kuumeessa. Annatko sitä vettä. Elli katsoi nuorta sotilasta suoraan silmiin .- Usko tai älä mutta täällä on lapsiakin.

Mies lähti johonkin ja nuoret naiset pelkäsivät tokkopa häntä enää näkyisi, mutta pian sotilas toi pienen kupillisen vettä peltimukissa naisille.

– Viette sen kanssa sille lapselle, jos täällä nyt lapsia on.

Elli ja Hanna lähtivät kiireesti paikalta pois, sillä osa vangeista katsoi jo liian pitkään tätä kohtausta ja ylimääräisen veden hakua. Vangit nimittäin saivat kaksi kertaa päivässä, joskus vain yhden kerran päivässä jotain inhottavaa keittoa, jossa uiskenteli jotain voikukanlehtiä ja perunoita ja yhden mukillisen keiton kanssa vettä. No luonto oli pitänyt sen verran huolta heistä, että kun satoi, niin sadevettä sitten kerättiin mitä erilaisimpiin astioihin. Maija joi halukkaasti vettä, jota täytyi säännöstellä kuitenkin. Aurinko paistoi edelleen Luojan taivaalta. Vangit istuivat tai kävelivät levottomasti ympäriinsä. Osa vangeista oli jo tuomittu ammuttavaksi ja viety pois aamuvarhaisella, mutta heidän pieni ryhmänsä oli vielä yhdessä. He elivät ja hengittivät ja odottivat.

21.5.1918

”Näihinkin piikkilanka-aitoihin tottuu, kai. Olen ollut täällä jo 17 päivää tai me olemme olleet. Meitä on täällä tuhansia. Likaisia, resuisia, nälkäisiä ja pelokkaita ihmisiä. Joitain on ammuttu, me vielä elämme, minä, Frans, Hanna, Anna-Mari ja Maija ja Lyyli ja Selma. Päivän kulku on täällä tarkoin määrätty, aamunimenhuuto, ruoka ja iltanimenhuuto ja koko muu päivä väsynyttä oleilua piikkilanka-aitojen takana. Onneksi on Frans ja Hanna, muuten varmaan luovuttaisin.

Tänään näin tuomarin ensimmäistä kertaa. Olin kenttäoikeuden edessä vastaamassa kysymyksiin. Tiesin että tämän päivän kenttäoikeuden puheenjohtaja on tuomari, oman kylän miehiä niin kuin kaikki kenttäoikeuden jäsenetkin. Siellä oli tänään yksi nainenkin, ilmeisesti kirjuri. Toiset ovat kertoneet, että muitakin naisia siellä kenttäoikeuden istunnoissa on ollut, jopa yhteislyseon naisopettajiakin. Aikooko ne kuulustella meidät kaikki? Meitähän on tuhansia täällä. Joitakin on kuulustelun jälkeen viety piikkilanka-aitojen takaa pois ja niitä ihmisiä ei ole enää nähty, mutta laukaukset on kuultu leiriin asti. Minä pelkään, sillä tuomiota ei kerrottu. Miksi? Frans oli syystä ihmeissään kuten minäkin. Paperia on vähän mutta tämä kaikki pitää kirjoittaa. Miten tämä kaikki loppuu? Pitääkö minun pelätä, jos ne tulevat hakemaan minut yöllä sellistä pois? Toukokuun yöt ovat jo valoisia. Kysymyksiä, kysymyksiä, joihin ei ole edelleenkään vastausta."

Elli laittoi paperinsa ja kynän taskuunsa. Joskus joku ehkä lukisi hänen paperinsa, joissa ajatukset virtasivat hajanaisina kuin levoton virta ja olivat synkeitä kuin metsälammen vesi, jossa pohjaa ei näy. Elli vertasi itseään lumpeenkukkaan, joka kuitenkin vielä eli ja oli pinnalla, vaikka vesi oli mustaa ja lumpeenkukan juuria uhkasi repiminen. Ellin silmiin nousivat kyyneleet ja hän pyyhki ne likaisella kädellään vielä likaisempaan hihaansa. Frans kosketti Elliä olkapäähän ja Elli katsahti itkuisin silmin miestä. Frans silitti hänen poskeaan. Hanna oli myös siinä ja hetken kaikki tuntui jotenkin helpommalta.

Elli muisti huoneen, jonne hänet oli kahden vartijan saattamana viety. Huone oli suuri ja kolkko. Pitkän pöydän ääressä oli ollut kolme ihmistä ja yksi heistä oli tuomari ja puheenjohtaja. Elli muisti selkeästi tuomarin, joka oli kuulustellut häntä tänään. Tuomari oli nuori mies Arvo Nopsanen, valkokauluksinen ja hienoon räätälin tekemään mustaan pukuun pukeutunut, koulutukseltaan varatuomari. Tuomarilla oli siistit viikset ja totinen ilme. Sitä Elli ei tiennyt eikä edes osannut ajatella mitä tuomari sillä hetkellä ajatteli hänestä. Nuori mies oli tuijottanut edessään olevaa nuorta naista, jonka tummat silmät tuijottivat miestä totisina.

– Oletko Elin Kokko? Tuomari oli kysynyt. Elli oli nyökännyt.

– Oletko osallistunut kapinaan laillista hallitusvalta vastaan? Se on petturuutta.

– En. Ellin vastaus tuntui jäävän roikkumaan kiviseiniin.

– Olet kuitenkin kantanut asetta ja olet punakaartin naisprikaatin päällikkö. Syytökset ovat raskaita, oli tuomari Nopsanen jylissyt.

– Olen kantanut asetta, mutta ketään en ole koskaan ampunut.

– Olet kuitenkin osallistunut kapinaan? Tuomari oli kysynyt uudestaan.

– Olen omasta mielestäni taistellut oikeudenmukaisemman elämän puolesta. Olen aina ollut tasa-arvoisemman elämän kannattaja. Kaikilla ihmisillä täytyy olla samanlaiset oikeudet elää. Oikeastaan me kaikki taistelimme oman maan itsenäisyyden vuoksi, saman asian vuoksi, valkoiset ja punaiset. Sitä en tajua miksi aseisiin pitää aina turvautua. Minusta asiat voi ratkaista eri tavalla, rauhallisesti. Minusta toinenkin osapuoli tässä sodassa tarttui melko hanakasti aseisiin kostaakseen.

Elli oli ollut hengästynyt pitkästä puheesta. Hänen päätään oli särkenyt ja kurkkuaan koskenut, mutta tämä oli täytynyt sanoa, muuta hän ei ehkä enää olisi uskaltanut puhuakaan.

– Vaiti! Nopsanen oli huutanut ja taas kysynyt.

– Miksi sitten kannoit asetta? Nopsanen oli katsonut Elliä tiukasti.

– Olisin halunnut kieltäytyä kantamasta asetta, mutta kuitenkin lopulta otin aseen, kun ei voinut muuta. Ketään en edes uhannut aseella. Ellin ääni oli särkynyt.

Totta oli, että hän oli halunnut tavata tuomarit ja tiesikin että joskus tapaisi kenttäoikeuden. Mutta nähtyään kuka oli kenttäoikeuden puheenjohtaja, hän pelästyi, vaikka rohkea hän oli. Nopsaselle oli aivan sama mitä puhui, sen näki miehen ilmeestä ja tämän ankaruuden hän oli tartuttanut kenttäoikeuden muihin jäseniin.

– Olen syytön kaikkeen siihen mistä minua syytetään, sanoi lopuksi Elli, kun tuomari viittasi kärsimättömällä eleellä vartijoita viemään hänet pois huoneesta. Ja pian Elli oli taas leirissä piikkilanka-aitojen takana.

Elli palasi leirissä taas ajatuksissaan kenttäoikeuden kuulusteluun ja tuomarin tapaamiseen. Puheenjohtajan piti huhujen mukaan olla joku ruotsinkielinen asianajaja. Tämä asianajaja oli kuulustellut vain enimmäkseen naisia, näin olivat leirin naiset kertoneet. Mutta miksi juuri Nopsanen oli kuulustellut häntä eikä edes ollut sanonut tuomiosta mitään.

Elli tiesi ennestään varatuomari Nopsasen. Kaikkihan Nopsasen kylässä tiesivät. Hänellä oli kylässä uusi asianajotoimisto. Hän oli tavannut pari vuotta sitten tuomarin rautatieläisten talossa olevissa iltamissa. He olivat olleet kolmistaan, Elli, Hanna ja Alma. Elli muisti vieläkin, että oli pukeutunut valkoiseen pitsipuseroon ja valkoiseen hameeseen. Olihan silloin kesä, juhannus ja juhannusaaton tanssit. Hän muisti, kuinka Alma oli laittanut Ellin pitkiin hiuksiin kampauksen. Hiukset olivat muuten vapaina, mutta Alma oli letittänyt hiukset kauniisti sivuleteille.

Hanna oli myös pukeutunut vaaleaan hameeseen ja pitsipuseroon ja vaaleat hiuksensa Hanna oli laittanut ylös nutturalle. Hannan pitkät silmäripset loivat varjoja nuoren naisen kalpeille poskipäille.

Pieni Alma seisoi Ellin ja Hannan vieressä ja syystäkin Elli tunsi itsensä jättiläiseksi pienen ja hennon Alman rinnalla. Vaalea Alma oli pukeutunut vaalean ruskeaan hameeseen ja valkoiseen puseroon. Alman kauniit ruskeat silmät loistivat. Hän oli sanonut, että hän oli ikuisesti kiitollinen Ellille ja Hannalle, jotka olivat ottaneet hänet mukaansa juhannusaaton tansseihin ensimmäistä kertaa. Alma oli arka ihmisten seurassa ja ei mielellään ollut suurissa ihmisjoukoissa.

Heidän seisoessaan tanssisalin ovensuussa, heidän luokseen purjehti varatuomari Nopsanen kahden toverinsa kanssa. He pysähtyivät ja heidän katseensa mittailivat nuoria naisia, pitkää Elliä, vaaleaa Hannaa ja pienikokoista Almaa, joka samassa horjahti ja otti muutaman ontuvan sivuaskeleen. Nuoret miehet olivat nauttineet runsaasti väkijuomia, huomasi Elli, jonka isällä oli palkkapäivinä joskus samanlainen harittava katse. Elli tunsi ulkonäöltä Nopsasen. Nopsanen oli joskus tullut kangaskauppaan, jossa Elli oli töissä ja hakkaillut nuorta naista ja yrittänyt saada Elliä kävelemään hänen kanssaan työpäivän jälkeen. Ellistä se oli inhottavaa, varsinkin kun varatuomarin nimi liitettiin yleisesti erääseen ulkopaikkakuntalaiseen tyttöön.

- Te kaksi menettelette vielä, vaikka työläisiä olettekin, mutta kuka tämä ontuva kierosilmäinen olento on? Nopsanen sammalsi ja toiset miehet nauroivat tyhmää naurua.

Elli jäykistyi. Hän tunsi, kuinka hänen poskensa tulivat kuumiksi, sydän alkoi hakata kuin höyrykone ja se varmaan kuului salin toiselle puolelle asti. Hän nosti kätensä ja ennen kuin järki ja maltti ennättivät käsivarteen asti, hän oli lyönyt varatuomaria poskelle.

– Häpeäisit sinäkin tyhmyri. Ei uskoisi sinun käytöksestäsi, että olet joku varatuomari. Minä olen kouluttamaton nainen, mutta mieleenikään ei tulisi haukkua ketään ulkoisten seikkojen tähden. Pyydä anteeksi Alma-neidiltä. Elli sinutteli julkeasti miestä ja hän tunsi, kuinka täynnä vihaa hän oli.

Nopsanen oli äimistynyt tuollaisesta hyökkäyksestä. Hänen toverinsa hihittivät tyhmää ja tyhjää hihitystä siinä vieressä. Alman silmissä kimalsivat kyyneleet ja Hanna siinä vieressä oli kauhuissaan. Ellin viha oli jo lauhtunut, mutta kiukkuinen hän oli vieläkin ja ei voinut olla sanomatta miehelle, että toivoi totisesti, etteivät he enää tapaisi.

– Ja paranna tapasi, sanoi Elli lopuksi. Nopsasen poski oli punainen ja hän hieroi sitä.

– Kas, kas. Pikku nainen tai ei niinkään pieni nainen alkaa komentelemaan.

Nopsanen tuijotti edelleen Elliä, jonka kiukkukin alkoi jo laantua. Ehkä mies oli todellakin niin tyhmä kuin Ellistä tuntui. Kukaanhan ei voi tyhmyydelleen mitään.

– Lähdetään. Hanna tarttui Elliä kädestä ja Alma oli heidän keskellään turvassa kuin pieni lintu. Ihmiset tuijottivat heitä kolmea nuorta naista, jotka kävelivät rauhallisesti rautatieläisten seuratalon salin läpi eteiseen ja siitä ulos lämpimään kesäiltaan. Elli oli aivan varma, että ihmiset puhuisivat heistä ja mitä oli tapahtunut rautatieläisten seuratalolla silloin juhannuksena siinä vanhassa ajassa.

Varatuomari Arvo Nopsanen istui siinä rakennuksessa, jossa kenttäoikeus kokoontui ja siinä huoneessa, jossa oli tavannut satoja, ellei tuhansia vankeja. Osan hän oli lähettänyt kuolemaan ja pienen osan takaisin vankileirille. Hänen mielestään piti kitkeä nuoren isänmaan likainen roskaväki pois kuin rikkaruohot juurineen. Itsenäisen Suomen piti aloittaa uusi aika eikä hyysätä roskaväkeä. Työläisiä maa tarvitsi mutta ei noita likaisia ja resuisia ihmisiä piikkilanka-aitojen takana. Itsenäisen Suomen aamunkoitto nousisi uudeksi aluksi ja tulevaisuus piti pitää puhtaana roskaväestä, mietti Nopsanen intomielisesti.

Nopsasen mieleen tuli nainen, jonka hän oli tavannut aamupäivällä. Nainen oli hänelle tuttu. Hän näki edelleen edessään nuoren, naiseksi pitkän naisen, jonka paksut tummat hiukset valuivat päähineen alta. Nainen ei siis ollut leikannut hiuksiaan kuten muut punahuorat. Naisen tummat silmät olivat tuijottaneet miestä totisina.

Naisella oli likaiset, rikkinäiset vaatteet ja hän haisi. Tällä naisella oli päällään hame ja Nopsanen mietti minkälainen tämä nainen olisi miesten housut jalassa. Nopsanen kuvitteli ja oli oikeastaan varma, että naisella oli pitkät kauriin jalat ja housut ehkä pukisivat naista. Osalla punikkinaisista oli ryssän housut jaloissa, kun he kantoivat isoa kivääriä.

Nainen oli ollut töissä kylän kangaskaupassa ja Nopsanen oli käynyt siellä muutaman kerran vain naisen takia. Nainen oli ollut omalla tavallaan kaunis ja aina siististi pukeutunut. Nopsanen muisti naisen edelleen parin vuoden takaa kylän jostain iltamista. Nainen oli ollut ystäviensä seurassa. Silloin tämä nuori nainen oli ollut paljain päin ja hänen paksut tummat hiuksensa olivat vapaana laskeutuen runsaina naisen selkään. Nainen oli hymyillyt ystävilleen ei hänelle. Jotenkin tämä nainen oli kiehtonut häntä ja ehkä kiehtoi edelleenkin.

Nopsanen oli nuoresta iästään huolimatta varatuomari. Opinnot Helsingin yliopistossa olivat menneet suorastaan loistavasti. Hän oli Viipurista kotoisin ja ylioppilaaksitulon jälkeen lähti yliopistoon lukemaan lakia. Helsingin opiskeluaika oli mukavaa ja tiukan kurin miehenä opiskelut johtivat toisesta opintokokonaisuudesta toiseen. Valmistuttuaan Nopsanen oli jonkin aikaa erään toisen lakitoimiston leivissä, mutta koko ajan siinsi ajatus omasta lakitoimistosta. Kouvolan kylä oli hyvä paikka aloittelevalle lakimiehelle perustaa asianajotoimisto. Kylä oli vireä rautatiepaikkakunta ja suhteellisen lähellä pääkaupunkia ja Viipuriakin. Kylässä tosin oli jo asianajotoimisto, mutta tämän asianajotoimiston omistajalta hän sai hyviä neuvoja ja myös suosituksen liittyä kylän suojeluskuntaan. Lisäksi kyläläiset riitelivät useasti mitä turhimmista asioista, joten riita-asioita oli kylässä riittämiin.

Toki Nopsanen oli osallistunut joihinkin suojeluskunnan toimintoihin jo aiemmin, mutta kylässä hän sitten lopullisesti liittyi suojeluskuntaan. Tämä Eklund, kylän toisen asianajotoimiston johtaja oli kiivas suojeluskuntalainen, mutta mitään erityisempää kilpailua heidän kahden saman ammatin harjoittajan välillä ei liiemmin ollut. Nopsanenhan oli vielä keltanokka Eklundin silmissä ja hän suhtautui jotenkin isällisesti Nopsaseen. Se oli asia joka joskus ärsytti miestä todella. Nopsasta kiukutti Eklundin ylimielisyys, sillä hän oli kuitenkin hieman vanhempi Eklundia.

Punaiset olivat vanginneet sodan alkupäivinä Nopsasen ja kuulustelleet poliisivartiokonttorissa häntä. Punaiset kuitenkin laskivat hänet vapaaksi ja Nopsanen piti parhaimpana lähteä linjojen läpi valkoisten puolelle. Typeriä ja naiiveja punaiset olivat, kun laskivat vapaaksi vankejaan. Ja nyt hän oli kenttäoikeuden tutkintatuomari ja langetti omaan perusteelliseen tyyliinsä tuomioita punaisille kapinallisille, noille kapisille koirille. Vielä kuitenkin Nopsasen silmien edessä häilyi pitkä nainen, jonka tummat silmät tuijottivat häntä leppymättömästi ja jota kuitenkin täytyi ihailla olemuksen suoruuden tähden.

22.5.1918

"Minä ja Frans, Frans ja minä. Olen jo aikaisemmin kirjoittanut, että tuskin olisimme tulleet niin läheisiksi, jos tätä kauheaa leiriä ei olisi. Tunsin Fransin ennen sotaa työväenyhdistyksen kautta. Frans on kylän kaasumestari, vallankumousoikeuden puheenjohtaja ja nyt vanki. Fransilla on vaimo ulkopuolella leirin. Joskus vaimo tuo miehelleen leipää, jos vaan on sellainen vartiomies, joka ei ole niin turhan tarkka, ketkä käyvät piikkilanka-aidan takana. Sitten Frans jakaa leivän minun kanssani. Ensin ajattelin kieltäytyä leipäpalasta, mutta Frans suorastaan tyrkytti minulle kuivaa leipää, jonka lopulta otin. Frans taikoo jostain minulle paperiakin, jolle voin kirjoittaa ajatuksiani. Näillä minun ajatuksillani ja kirjoituksillani ei ole tuskin mitään merkitystä muuta kuin minulle, mutta kirjoittaminen pitää minut jotenkin edes järjissäni.

Nyt on 17. päivä tätä vankeutta minulla, meillä, Fransilla ja minulla. Frans, ystäväni istuu tuossa käden ulottuvilla. Jos vain ojennan käteni niin mies voi tarttua siihen ja puristaa."

Elli katsoi miestä vieressään ja Frans katsoi Elliä silmissään lämpöä. Näin Elli sen tulkitsi. Frans oli muutamaa vuotta vanhempi Elliä. Hänellä oli ruskeat, paksut hiukset, viikset ja harmaat, vakavat silmät. Mies oli pitkä ja laiha. Frans oli ollut vallankumous oikeuden puheenjohtaja, mutta mitään tuomioita hän ei ollut langettanut kenellekään. Kaikki riita-asiat Frans oli jättänyt odottamaan parempaa aikaa. Sävyisä Frans sanoi inhoavansa vihamielisyyttä ja rakasti rauhaa. Ei hän halunnut riidellä kenenkään kanssa. Frans oli kertonut Ellille, että vihasi sotaa ja viimeiseen asti toivoi, ettei sotaa tulisi. Sodan aikana oli tapahtunut, että punaiset olivat vanginneet erään nahkatehtaan veljekset. Frans oli oikeuden puheenjohtajana lykännyt ja jarruttanut jutun käsittelyä pitkään. Veljekset olivat sitten kuitenkin vangittu ja ammuttu rautatiesillalla lähellä kylää vain vähän ennen kuin valkoiset olivat vallanneet kylän. Frans ei ollut antanut ampumismääräystä veljeksistä eikä kenestäkään muustakaan. Valkoisten tultua kylään Frans oli sitten ilmoittautunut valkoisille itse, mutta tuloksena oli leirille joutuminen.

Frans oli ollut sairaana leirissä ja viety vähäksi aikaa leirin sairaalaan, jotta kuume laskisi. Elli muisti kuinka levoton hän oli miehen ollessa sairaalassa. Jos hän ei palaisikaan sieltä. Ellin täytyi myöntää, että Frans oli hänen turvansa leirissä. Frans lohdutti häntä, kun Elli vaipui epätoivoon, jota kävi aina vain useammin. Frans toi hänelle paperia ja kyniäkin. Mies jakoi hänen kanssaan ne vähät ruuatkin, joita he söivät tai mitä tuttavat pääsivät tuomaan silloin tällöin leirin piikkilankojen välistä. Joskus Elli väsyneessä mielessään kuvitteli mitä tapahtuisi heidän suhteelleen, kun he tapaisivat sodan ja vankeuden jälkeen toisensa. Nyt he viettivät päivänsä yhdessä, mutta olisivatko he ventovieraita sodan jälkeen. Fransillahan oli vaimo ja ihan erilainen elämä sitten edessään.

Ellin mieleen palautui taas se päivä,

jolloin vangit olivat olleet ruiskuhuoneella. Naiset kantamassa vettä ja miehet kantamassa kaivamiaan ruumiita. Leirissä Elli oli itkenyt ja Frans oli tuudittanut häntä sylissään kuin lasta. Elli oli itkenyt koko surkeutensa ja väsymyksensä miehen syliin. Frans oli pidellyt Elliä sylissään pitkään vielä senkin jälkeen, kun hän oli rauhoittunut. Siinä he sitten olivat istuneet sylikkäin ja Frans oli puhunut hiljaa ja rauhoittavasti lempeitä sanoja nuorelle naiselle. Vain Frans osasi sanoa lempeästi ja oikealla äänenpainolla "pikkuinen Elli-kulta". Kukaan ei ollut sanonut hänelle koskaan niin. Elli mietti edelleen heidän suhdettaan, Fransin ja hänen. Frans ei juurikaan puhunut vaimostaan ja se oli hyvä, sillä Ellillä oli hieman huono omatunto, kun hän tällä tavalla vietti aikaa miehen kanssa, jolla kuitenkin oli vaimo.

Elli ajatteli paljon miehen ja naisen välistä suhdetta. Jotenkin suhde Maunoon oli ollut Ellille vaikea. Mauno oli suuttunut pienimmistäkin asioista ja sitten ollut Ellille vihainen ikään kuin hän, Elli olisi tehnyt jotain pahaa. Mauno oli lähtenyt rintamalle ja sen jälkeen Elli ei ollut kuullutkaan miehestä mitään. Oliko Mauno kuollut vai jossain toisessa vankileirissä?

Ennen Maunon lähtöä rintamalle heillä oli ollut riita, joka oli syntynyt jostain mitättömästä asiasta. Elli ei oikein muistanut mistä, mutta varmaan jostain sellaisesta mitä Elli oli sanonut tai nauranut ehkäpä jollekin jutulle. Maunolla ei ollut lainkaan huumorintajua komean ulkokuorensa kätköissä. Kuitenkin he olivat riidelleet ja Elli oli ollut vain hyvillään, kun mies oli sanonut lähtevänsä rintamalle. Hän ei haluaisi enää nähdä Maunoa. Mitä hän oli nähnyt miehessä?

Elli katsoi Fransiin siinä vieressä ja vastasi miehen hymyyn. Elli tiesi, että leirissä tunteet myllersivät ilosta mitä syvimpään suruun, mutta kuitenkin Fransin huolenpito lämmitti häntä. Jos he pääsisivät täältä pois joskus niin sitten heidän suhteensa muuttuisi täysin. Ellin oli unohdettava Frans ja Fransin Elli. Elli jatkaisi kangaskaupassa ja ehkä joskus menisi naimisiin ja Frans jatkaisi avioliittoaan ja saisi ehkä vielä lapsiakin, joita Fransilla ja hänen vaimollaan ei vielä ollut. Tästä kaikesta ei enää sitten puhuttaisi, kun he vapautuisivat. Ellin rakkaus olisi tässä piikkilankojen sisällä, tuskan ja kauheuden ympäröimänä. Mutta se rakkaus oli kaikesta huolimatta kaunista. Frans ja Elli ottivat toisiaan kädestä kiinni ja Elli painoi päänsä miehen rinnalle.

23.5.1918

"Kevät aurinko paistaa. Me kaikki olemme vielä hengissä: Frans, Hanna, Lyyli, Taavetti, Anna-Mari ja hänen tyttärensä. Maija ja minä Elli. Maija oli kyllä sairas, kuumeessa, mutta kai se Luojan aurinko kuitenkin lämmitti sen verran että tyttö jaksoi taas kerran nousta ja reipastua. Ruokaahan meillä ei ole, mutta yhdessä kestämme mitä vain. Alma tai kukaan muukaan ei ole päässyt tuomaan meille enää mitään. Toivottavasti tämä auringon paiste merkitsisi kesän tuloa ja tämän leirin purkamista. Huhuja on, että meidät siirrettäisiin jonnekin toiseen leiriin, mutta huhuihin ei paljon voi luottaa."

Elli ja Hanna juttelivat hiljaisella äänellä pitkän kasarmin seinustalla Frans heidän seurassaan. Aurinko paistoi lämpimästi seinustalle. Linnut pyrähtelivät kasarmin ympärillä. Anna-Mari tuli juosten ja helmojaan pidellen heidän luokseen. Anna-Mari itki, kyyneleet virtasivat vuolaina ja tekivät likaisiin kasvoihin juovia.

- Nyt ne veivät Maijan, sotilaat veivät tytön.

Äidin tuska kuului äänestä. Elli, Hanna ja Frans tuijottivat mitään tajuamatta.

- Minne veivät? Leiristä pois vai…

Frans ei tohtinut jatkaa, Anna-Mari itki ja nikotteli.

- Sotilaat veivät tytön…Muuta äidistä ei saanut irti.

Elli ja Hanna katsoivat kauhistuneina toisiaan. Eivät he aikaisemmin olleet vieneet vankeja keskellä päivää ainakaan ammuttaviksi. Teloitukset tapahtuivat illalla tai aamulla varhain.

Elli ja Hanna pyysivät Anna-Marin istumaan

ja puhuivat rauhoittavalla äänellä naiselle, joka pikku hiljaa lopetti itkunsa. Muita vankeja oli kerääntynyt heidän ympärilleen. Anna-Mari puhui katkonaisesti, kuinka hän oli ollut hiukan jaloittelemassa Maijan kanssa ja siihen oli tullut pari sotilasta ja ottaneet tytön mukaansa. Siinä ei auttanut Anna-Marin huuto eikä tarttuminen sotilaiden vaatteisiin. Pistimet ojossa he lähtivät viemään tyttöä pois leiristä. Tästä oli jo jonkin aikaa. Anna-Mari alkoi uudestaan nyyhkyttää.

- Ei ne ehkä mihinkään kauas ole tyttöä vieneet, mutta tästä täytyy ottaa selvä, sanoi päättävästi Elli.

He päättivät, että Elli ja Frans lähtisivät turhalle, mutta tärkeälle ja välttämättömälle tiedusteluretkelle.

Elli ja Frans kyselivät muilta vangeilta, olivatko he nähneet pikku tyttöä vietävän pois leiristä. Vangit katselivat alta kulmiensa ja pudistivat päätään ja vaipuivat ilmeettömään alakuloon. Elli ja Frans etsivät jotain vartijaa, jolta voisi kysyä Maijasta. Maijahan oli vasta lapsi. Miksi he veivät hänet pois äitinsä luota? Lähellä porttia seisoi eräs sotilas, iso, karskin näköinen mies. Elli muisti nähneensä sotilaan aikaisemminkin. Hän ja Frans menivät piikkilanka-aidan luo, jonka toisella puolen vartija seisoi.

- Meillä olisi kysyttävää, aloitti Frans kohteliaasti.

Elliä olisi hymyilyttänyt miehen kohteliaisuus, jos tilanne ja aika olisi ollut toinen.

- Mitä niin? Tietääkseni vangeilla ei voi olla mitään kysyttävää. Teille pitäisi olla varsin selvää minkä takia te olette siellä aidan takana.

- Meillä on täällä vankina nuori tyttö, melkein lapsi vielä. Tänään teikäläiset veivät tytön pois äitinsä luota. Miksi?

Frans kysyi kohteliaasti koko vähäisellä arvovallallaan. Sotilas tuijotti likaista miestä ja yhtä likaista naista aidan takana. Mitättömyydet kysyivät jotain jostain tytöstä. Vartijaa kiukutti, hän sytytti tupakan ja puhalsi savut Ellin ja Fransin kasvoille.

- Tyttö kyllä tuodaan takaisin leiriin, kun hän on tehnyt tehtävänsä. Menkää nyt pois.

- Vai täytyykö kutsua lisää vartijoita, ärjäisi vartija vielä.

Elli halusi tietää mihin Maija oli viety, mihin paikkaan ja mitä tekemään. Vartija oli omasta mielestään sanonut sanottavansa eikä hän tuntenut olevansa tilivelvollinen ainakaan näille likaisille ja resuisille ihmisille.

- Haluatko sinäkin ryssänmorsian mennä sinne mihin likka vietiin. Sinusta olisi ehkä enemmän iloa, kun siitä täin penikasta.

- Iljettävää. Sika. Elli sylkäisi vartijaan päin

- Haluan leirin komendantin puheille. Te ette voi tehdä tällaistä pienelle tytölle. Minä muistan teidän kasvonne, huusi Elli.

Frans pelästyi silmin nähden, Vartija katsoi Elliä, tuota likaista pitkää naista. Elli pelästyi sylkäisyään ja huutoaan. Oli onneksi naiselle, ettei sylkipallo osunut vartijan vaatteille eikä kengille.

- Menkää vielä, kun ehditte! ärjyi vartija.

Frans veti voimattoman Ellin pois ja jotenkin kompastellen he pääsivät pois sotilaan luota. Elli katui vihastumistaan.

Kuinka hän ei osannut hillitä tunteitaan? Ja tähän eivät loppuneet Ellin koettelemukset, sillä hän oli näkevinään tutun hahmon muiden vankien joukossa. Hahmo ei katsonut suoraan Elliin, mutta Elli olisi tuntenut tuon profiilin mistä vain. Hän jähmettyi paikoilleen ja tarttui Fransin käteen.

- Ei voi olla totta. En halua uskoa…hän mutisi. Frans ei tajunnut yhtään mitään.

- Mitä tapahtui? Meidän olisi kai parasta mennä toisten luo. On parempi, etteivät sotilaat kiinnitä enää meihin huomiota, kuiskasi Frans.

- Hän on täällä, se ei voi olla totta, toisti Elli. Frans tuki nuorta naista ja pian he saapuivat toisten luo. Fransia kummastutti naisen käytös. Kenet hän oli nähnyt? Elli kävi vapisten maahan istumaan Frans vierellään. Hanna oli pelästyneen näköinen ja alkoi hänkin vapisemaan, Anna-Mari oli hiljentynyt ja Ellin veli Taavetti istui sisarensa viereen ja yllättäen veli otti Ellin kylmät kädet käsiinsä. Tätä ei ollut koskaan aiemmin tapahtunut.

- Mitä tapahtui? Hannaa pelotti Ellin

tuijottava olemus. Frans selitti kohtaamisen vartijan kanssa.

Elli huomasi ystäviensä levottomat kasvot.

- En tiennyt mikä minuun meni. Tein sen oikeastaan Maijan puolesta, mutta taisin vain pahentaa asioita. Elli nyyhkytti Taavetin olkaa vasten. Anna-Mari katsoi hiljaisena ihmisestä toiseen ja tajuten että jotain pahaa oli Maijalle tapahtunut, alkoi hän uudelleen nyyhkyttää katkonaisesti ja vavisten.

- Mitä tytölle on tapahtunut? Anna-Mari pyyhki likaiseen huiviinsa silmiään.

Frans selitti, etteivät he tienneet tarkalleen, mutta Maija ilmeisesti on hengissä ja palaa leiriin. Anna-Mari itki edelleen. Hanna oli pelästyneen näköinen ja Elli rauhoittui vähitellen. Elli katsoi ystäviään pitkään. Hän vapisi.

- Luulen, että näin Maunon. Hän on täällä vankina. Ellin ääni vapisi, mutta oli samalla tyynen rauhallinen.

- Hän on viimeinen ihminen, jonka halusin nähdä. Hän tuo epäonnea, Ellin kasvot olivat kalpeat hänen näin sanoessaan. Frans muisti kuulleensa Maunosta ja nähnytkin Ellin työväentalossa jonkun nuoren miehen kanssa. He siis olivat saaneet hänetkin kiinni. Hanna otti Ellin kylmät kädet käsiinsä ja kysyi, oliko Elli tosiaan nähnyt Maunon. Elli nyökkäsi.

- Toivottavasti mies ei nähnyt minua. En halua koskaan tavata sitä miestä.

He kaikki istuutuivat maahan pitkän kasarmin seinustalle. Kaikkien ajatukset kiersivät samaa rataa: Mitä Maijalle oli tapahtunut? Elli oli lisäksi huolissaan, miten oli käyttäytynyt sotilasta kohtaan ja oliko Mauno nähnyt hänet. Sotilas oli nimittäin huutanut sanansa Ellille kovalla äänellä. Ei hän pelännyt mitä itselle kävisi, mutta mitä tapahtuisi muille, hänen ystävilleen. Toisaalta kai sotilaat olivat tottuneet kaikenlaiseen käytökseen. Se päivä tuntui pitkältä ja aurinko tuntui ilkkuvan näitä likaisia ja harmaita ihmisiä. Kaikki tuntui niin alakuloiselta, muiden vankien kasvot olivat sääliviä vai näyttikö se vain siltä?

Juuri ennen iltanimenhuutoa käveli Maija pitkän kasarmin luokse. Miten hän olikin tiennyt, että he ovat juuri siinä? Maija oli pieni ja laiha, mutta jos mahdollista näytti nyt vieläkin laihemmalta kuin oli. Hänen silmänsä olivat suuret ja tuijottavat. Risaiset vaatteet olivat tytön päällä miten sattui ja hän ontui. Ja oli vielä muutakin, sen huomasivat Anna-Mari ja Elli. Tytöllä oli haavoja ja mustelmia kasvoissa ja kaulassa. Koko tytön ruumis vapisi.

- Mitä ne on sinulle tehneet? Voi minun lapsiraukkaa, ne on tehneet pahoja. Anna-Mari purskahti itkuun. Elliä ja Hannaa kuvotti. Maijahan oli raiskattu. Elli ei tiennyt miten hän sai kootuksi itsensä, ettei olisi alkanut huutaa ja kirkua ja etsinyt ensimmäistä vastaantulevaa vartijaa ja hyökännyt hänen kimppuunsa. Maijahan oli lapsi, ei tuollaista saa tehdä. Anna-Mari otti tytön syliinsä, josta Maija yritti pyristellä pois, mutta jäi kuitenkin äitinsä kainaloon.

Elli ja Hanna olivat tytön lähellä ja tarkastelivat häntä. Maija ei lakannut vapisemasta ja hänen silmänsä tuijottivat suoraan jonnekin kaukaisuuteen. Anna-Mari puhui rauhoittavasti tytölle, lyhyitä sanoja, rauhoittavia sanoja. Anna-Mari alkoi laulaa vanhaa kehtolaulua ja tuudittaa lasta. Lähellä olijat kuuntelivat laulua ja jotkut alkoivat hyräillä mukana. Elli ja Frans ottivat toisiaan kädestä ja olivat vain hiljaa. Laulu jatkui ja levisi lähimpien vankien keskuudessa. Kohta vankien kuoroon oli liittynyt monta kymmentä laulajaa laulamaan vanhaa kehtolaulua. He lauloivat laulun melkein loppuun.

Taianomaisen hetken keskeytti tylysti iltanimenhuuto ja kaikkien vankien oli käveltävä isolle hiekkakentälle, Maijankin, jota Elli ja tytön äiti tukivat.

Se yö oli kamala. Leirillä kaikki yöt olivat yhtä painajaista, mutta juuri tämä yö oli tuskaa täynnä. Maija vaikeroi ja hänen äidillään, Ellillä ja Hannalla oli täysi työ pitää tyttö hiljaisena niin etteivät vartijat kuulisi ja veisi tyttöä lopullisesti pois. Maijaa piti tuuditella ja silittää, mutta silti pikku tyttö vaikeroi lähes koko yön. Vettä ei uskaltanut kukaan pyytää sellin ohi käveleviltä vartijoilta.

24.5.1918

"Näin painajaisia, kauheimpia koko leirillä olon aikana. Minä lensin kylän läpi. Katsoin ilmasta käsin, minkälainen kyläni on. Tuolla oli asemarakennus ja tuolla vanha apteekki. Rautatie meni halki kylän, rautatien toisella puolen oli niittyjä ja metsää silmänkantamattomiin ja kylän tiet olivat suorat ja yksi tie vei torin laidalle ja siitä pienelle hiekkatielle, jossa oma kotini on. Mutta se tie, joka johti kotitalolleni, oli pimeä, vain yhdessä ikkunassa loisti valo. Sitä kohti lähdin kulkemaan, mutta en päässyt kuin portille, kun tuli toisen unen aika. Niityllä oli paljon hevosia, oli ruskeita, mustia ja harmaita hevosia. Kävelin niityllä ja etsin yhtä tuttua hevosta, ruskeaa tammaa, jolla oli kullanvaalea harja ja häntä. Kun sen löysin, hevosella oli jalka veressä ja se ontui. En voinut lähteä ratsastamaan sillä hevosella. Samalla niityllä näin ikään kuin teltan, pienessä tuulessa heilui laiskasti valkoiset läpikuultavat verhot. Menin teltan luo ja raotin verhoa. Siellä makasi minun isäni kuolleena. Tosin ihmiset, jotka olivat siinä vieressä, sanoivat, ettei isäni ollut kuollut ainakaan vielä. Siihen heräsin ja samassa Anna-Mari ravisteli minua.

- Miten Maija? kysyin. Anna-Mari niiskutti ja sanoi ettei tyttö ollut nukkunut koko yönä. Kirjoitan nyt, että Maijalle tehtiin väkivaltaa, ja se asia jos mikä on anteeksiantamatonta. Jos vain joku joskus lukisi nämä kirjoitukseni niin saisi tietää, että lahtarit ovat hirviöitä."

Vielä nimenhuudon jälkeenkin Elli mietti untaan. Sen pitää merkitä jotain, jotain tapahtuu pian. Frans lohdutti Elliä.

- Olet leiriin suljettuna. Jos unia näkee, ne ovat juuri tuollaisia käsittämättömiä.

Koko päivä meni jotenkin unenomaisessa tilassa. Maija oli rauhoittunut, mutta vielä tuijottava ja hän ripustautui äitinsä käteen eikä päästänyt irti. Eräs leiriläinen toi tytölle homeisen leipäpalan ja hiukan vettä.

- Syö lapseni. Eihän se mitään hyvää

ole, mutta täytyy syödä.

Frans istui ison kasarmin seinustalla, kuten oli istunut lähes kolme viikkoa. Silloin tällöin käveltiin ympäri leiriä, mutta kauas ei heidän ryhmänsä ihmiset toisistaan menneet. Elämä oli muuttunut kovasti viimeisen vuoden aikana. Frans oli asunut vaimonsa kanssa pienessä talossa kylässä, käynyt töissä ja ollut vallankumousoikeuden puheenjohtaja. Vallankumousoikeus oli eri asia kuin pahamaineinen tutkijakomitea, vaikka ne ihmisten mielissä sekoittuivatkin.

Frans oli joutunut leiriin ja tutustunut Elliin. Nuori nainen oli rohkea ja herkkä samaan aikaan. Olla sotilaana on jo naiselle raskasta. Elliin tutustuminen oli tehnyt heistä läheisiä. Joskus Frans ajatteli, mitä tapahtuu sitten sodan jälkeen. Miehellä oli vaimo, jota hän rakasti, mutta Elli oli kuitenkin nähnyt Fransin sisimpään ja Frans Ellin sisimpään. Fransin katse etsi nuorta naista ja hetken heidän katseensa kohtasivat. Ellin kapeille kasvoille nousi hymy. Frans hymyili nuorelle naiselle. Frans ei tohtinut ajatella kuinka paljon Elli hänelle merkitsi. Voi olla, että leiri synnytti sen, että he viihtyivät luvattoman hyvin toistensa kanssa, Elli ja hän.

Iltapäivällä alkoi leirissä hiljainen sihinä. Huhut kertoivat, että vangit siirrettäisiin seuraavana päivänä Riihimäelle. Tosin vankeus jatkuisi, mutta leiri elämä päättyisi ja siirtohan merkitsi aina jotain uutta ja ehkä hyvääkin. Frans oli mietteliäs ja Elli myös. Voi kun he pääsisivät lähtemään heti pois tästä likaisesta ja pienestä leiristä. Ellin mieleen tuli, että heidän tiensä Fransin kanssa ehkä eroaisivat. Nyt Elli oli saanut turvaa tästä hiljaisesta miehestä, mutta kuinka olisi sitten tulevaisuudessa.

- Pidämme yhteyttä edelleen.
Olemmehan ystäviä ja vähän enemmänkin, sanoi Frans ja silitti nuoren naisen poskea. Elli oli purskahtaa itkuun.

Iltapäivällä Elli ja Hanna torkkuivat ison kasarmin seinään nojaten, kun varjo lankesi nuorten naisten ylle. Elli ja Hanna avasivat silmänsä yhtä aikaa ja sitten sulkivat ne.

Mauno seisoi naisten edessä. Hän oli ilmeisesti haavoittunut käteen, jota peitti risainen ja likainen rätti. Hän tuijotti Elliä ja Hannaa.

- Päivää, onpa hauska nähdä teidät ja varsinkin sinut Elli. Olinkin näkeväni sinut eilen rähisemässä sotilaan kanssa. Et ole yhtään muuttunut sitten viime näkemän. Ehkä tullut rääsyisämmäksi. Mauno tuijotti Elliä ivallisesti.

- Nyt ei saa suuttua, älä suutu, toisteli Elli itsekseen. Hän ei halunnut mitään rähinää nyt.

- Mikset sano mitään? Mauno katsoi totisena naista. Miehen etuhammas oli lähtenyt ja jotenkin mies näytti muutenkin hyvin huonovointiselta. Elli ei osannut muuta kuin tuijottaa.

- Sinä olet epäonnen nainen. Luulen, että olet kuoleman oma Elliseni, sanoi Mauno ja kääntyessään katsoi naista vihaa silmissään.

- Sinut kai tuomitaan, olethan sinä ystäväiseni, punakaartin sotilaan morsian. Näin sanoi Mauno ja liukeni vankijoukkoon.

- Miksi hän minua vihaa? Miksi hän puhuu tuollaisia? En ole tehnyt hänelle mitään pahaa. Sanoin erotessamme talvella, etten halua koskaan enää nähdä häntä. Elli puhui enemmän itsekseen kuin Hannalle.

Hanna otti ystävänsä käden käteensä.

Illansuussa tuli aidan taakse sovitulle paikalle Alma ja hänen seurassaan Fransin vaimo. Nuori nainen ei ollut käynyt muutamaan päivään, mutta jostain syystä juuri sinä päivänä Alma ja Fransin vaimo olivat päässeet aidan luo. Alma ojensi vaivihkaa kuivan leivän palan piikkilanka-aidan raosta. Frans puhui hiljaisella äänellä vaimolleen.

- Huhut kertovat, että meidät siirretään huomenna Riihimäelle, sanoi Hanna hiljaa Almalle.

- Haluaisimme uskoa, että se olisi totta, lisäsi Elli. Alman arat kasvot vetäytyivät hymyyn.

- Sitä minä toivon. Eihän tämä tällainen voi kauan jatkua. Minä odotan teitä ja te olette minun lapseni kummeja.

Nyt vasta tytöt huomasivat Alman pyöristyneen vatsanseudun. He olivat onnellisia Alman puolesta, mutta Elli tuli levottomaksi ja levottomuus lisääntyi, kun vartija käveli heitä kohti. Elli ojensi Alman käteen paperirullan.

- Pidä sinä nämä. Toivon että

säilyttäisit nämä. Ne ovat minun päiväkirjani täältä Helvetistä.

Alma ja Fransin vaimo lähtivät kiireesti aidan luota pois katsomattakaan taakseen. Hanna, Elli ja Frans sujahtivat äkkiä toisten vankien joukkoon.

Alma

Alma itki tärisevää ja vapisevaa itkua. Hänellä oli tunne, että hän ei näkisi koskaan enää Hannaa, Elliä ja Fransia. Alma seisoi venäläisen kirkon luona. Kirkko oli suljettu, mutta kun valkoiset olivat tulleet kylään toukokuun alussa, olivat he menneet venäläisten kirkkoon sotkemaan paikkoja ja joitakin päiviä kirkon ovet repsottivat auki. Siellä olivat valkoiset sotilaat ilmeisesti pitäneet jonkinlaista kokoontumistilaa. Fransin vaimo oli mennyt jo edeltäpäin, mutta Alma oli sanonut, että hän tulisi sitten perästä päin. Nyt hän seisoi kirkon edessä ja itki.

Alma laittoi kätensä esiliinansa taskuun ottaakseen sieltä nenäliinan, mutta käsiin osui paperirulla, joka oli köytetty ohuella nauhalla. Ellin kirjoitukset, joista Alma oli saanut tietää vasta vähän aikaa sitten. Elli oli työntänyt sen hänen käteensä. ”Pidä sinä nämä”, muisti Alma Ellin sanoneen. Ja taas Alma itki. Jotain lopullista siinä tuntui olevan. Ellin tummat silmät olivat olleet hätäiset, Hannan silmät surulliset ja Frans tuijotti Elliä jotenkin haikeasti.

Miten kaikki olikaan muuttunut? Vasta lyhyen aikaa sitten he olivat olleet nuoria tyttöjä, joilla ei suurempia huolia ollut. Alma muisti ajan ennen sotaa, jolloin he kolme olivat viettäneet aikaa paljon yhdessä aina iltaisin kotiaskareiden jälkeen. Siitä ajasta tuntui olevan ikuisuus. Alma pyyhki kyyneleet ja yritti lopettaa myös itkunsa. Ilta-aurinko oli läntisellä taivaalla vielä melko korkealla. Kirkon kultaiset kupolit loistivat kirkkaina. Kirkon venäläinen pappi oli edellisenä syksynä tapettu ja sen jälkeen haudattu kirkon päätyyn. Kumpu oli vielä näkyvissä. Sillä hetkellä kaikki oli hiljaista ja äkkiä Alma tunsi sen. Vauva liikkui mahassa ja potki kovasti. Alma alkoi itkeä, mutta samalla tunsi hymyilevänsä. Elli ja Hanna saisivat reippaan kummilapsen. Alma lähti hitaasti menemään mäkeä alas kotiaan kohti, jossa Topias odotti häntä.

Nopsanen

Nopsanen seisoi ikkunan ääressä omassa asunnossaan. Nopsanen asui kylän keskustassa melko lähellä omaa asianajotoimistoaan. Ikkunassa oli valkeat pitsiverhot, jotka liehuivat ilta tuulessa. Ikkuna oli sinne päin missä kasarmit sijaitsivat.

Kasarmilla oli leiri ja leirissä nuo ihmiset, joita hän oli nähnyt sinä toukokuussa lukemattomia määriä. Likaisia, laihoja ja umpimielisiä ihmisiä. Heidät, kapinalliset piti tuomita ja osa jopa hävittää tästä maailmasta. Suomi oli nyt itsenäinen valtio ja rakennettaisiin uudelleen ilman noita resuisia köyhiä ihmisiä, jotka olivat todistetusti kapinallisia. Miten se menikään, Nopsanen mietti. Uuden Suomen aamunkoittoa ei saisi tahrata noilla likaisilla ja iljettävillä ihmisillä. Nopsasen oli kuitenkin tunnustettava, etteivät sentään ihan kaikki olleet toivottomia. Ehkä näistä vähemmän rikollisista saisi mukiinmeneviä työläisiä, jotka tekisivät ne raskaimmat työt. Sota oli sotaa ja siinä kärsivät aina ihmiset. Voittajat vähemmän kuin häviäjät. Voittajan puolella oli helpompi olla.

Oikeastaan Nopsanen halusi unohtaa nämä toukokuun viikot täällä kylässä. Hän oli jo päätöksensä tehnyt. Hän jättäisi kylän ja unohtaisi kaiken tämän surkeuden ja synkkyyden. Hän arveli, ettei hänen omatuntonsa ehkä koputtelisi mitenkään tuomitsevasti. Hänhän oli tehnyt vain työnsä, johon hänet oli määrätty. Kaikki tuomiot olivat tarpeellisia, ihan kaikki. Ihmiset piti tuomita kapinasta laillista hallitusvaltaa vastaan, jopa naiset, ne pitkätukkaiset ja leppymättömän näköiset. Jos hänen mieleensä joskus tulisivat nämä ajat, niin hän oli vain tehnyt mitä mieheltä ja tuomarilta hänen tilanteessaan oli vaadittu. Mutta tämä outo ja vieras tunne, joka oli häntä vaivannut jo jonkin aikaa, häiritsi häntä.

Nopsanen katsoi eteensä ja jostain hänen mieleensä tuli pikkuinen epäilys, joka teki hänet levottomaksi. Ehkä hän olisi voinut toimia toisin. Oliko kaikki tuomiot tarpeellisia kuitenkaan? Miten hänelle nyt tuli tällaisiä mieleen? Olisiko hän voinut todella joidenkin kohdalla tehdä toisenlaisia ratkaisuja? Mies ei halunnut tällaistä kahtalaista, epämääräistä tunnetta. Nopsanen ei pitänyt epäröinnistä, se ei kuulunut hänen luonteeseensa. Mutta jostain oli tullut tämä pieni epäilyksen siemen, joka epäilemättä vielä kasvaisi. Sen hän päätti siinä avonaisen ikkunan äärellä, ettei hän puhuisi kenellekään eikä koskaan näistä toukokuun päivistä, ei koskaan. Hän halusi unohtaa, varsinkin tämän kylän vankileirin ja siellä olevat. Mutta olivatko kaikki tuomiot sittenkään tarpeellisia?

ELLI

24.5.

"Kirjoitan tätä hämärtyvässä illassa. Ilta nimenhuutoon on vielä aikaa. Annoin kaikki aikaisemmat kirjoitukseni Almalle, sillä tiedän, että häneen voi luottaa ja hän säilyttää niitä.

Vaikka mitäpäs niitä papereita säilyttämään. Mutta joskus joitain ihmisiä voi minunkin, sotkuiset paperini kiinnostaa. Huomenna vankeja aletaan siirtää Riihimäelle, niin huhut kertovat. Sanoin Fransille, että jos selviämme Riihimäeltä, niin pidämme toisiimme yhteyttä. Frans oli samaa mieltä.

Tiedän että haluaisin enemmän, mutta sitä en tule koskaan sanomaan Fransille. Ehkä leiriolosuhteet aiheuttivat sen, että suhde Fransiin oli syvempi ja vakavampi kuin koskaan uskoinkaan. Tämä on minun salaisuuteni. Mitään sellaista ei ole tapahtunut minun ja Fransin välillä mitä pitäisi katua. Nyt hämmennyn ja punastun. Paperi loppuu, mutta jätän sen verran että pystyn kirjoittamaan huomenna vankijunassa. Hyvää yötä."

25.5.1918

Keväinen toukokuun lopun lauantai aamu valkeni. Linnut aloittivat konsertin, mustarastas ja satakieli lauloivat puissa, joissa vihreät lehdet olivat kasvaneet jo isoiksi. Taivas oli kirkas ja aurinko oli jo nousemassa itäisellä taivaalla. Tulisi kaunis päivä. Vangit oli komennettu isolle kentälle odottamaan siirtoa toiselle vankileirille Riihimäelle. Viiden hahmon ryhmä tuli ison kasarmin eräästä ovesta. Frans, Elli ja kolme muuta ihmistä kävelivät huojuen teloituskomppanian edessä. Hanna, Taavetti, Anna-Mari ja Maija olivat huutaa tuskasta nähdessään ryhmän, mutta hiljaisina kyyneleet silmissä he katsoivat, kun synkkä ryhmä katosi heidän näköpiiristään ryteikköiseen heinikkoon, jossa epäilemättä oli jonkinlainen polku.

Ensin kulki Frans ja kolme muuta miestä, Elli kompasteli perässä tuntien kiväärin piipun selässään. Ryhmä ohjattiin junaradalle päin ja pysäytettiin ratapenkalle. Elli katsoi auringon nousuun päin. Nyt hän vasta tajusi kuinka yksin ihminen lopulta onkaan. Ei hän leirissä ollut yksin, ei koko aikana. Hänellä oli ollut ystävänsä Hanna, Taavetti, Anna-Mari ja rakkain kaikista Frans. Toivoakin oli vielä leirissä ollut. Nyt yksinäisyys löi kovalla kädellä vasten kasvoja. Hän oli alitajuisesti pelännyt koko ajan öitä ja kun sotilaat tulivat hakemaan hänet sellistä keskellä yötä, hän ei edes ihmetellyt sitä.

Sotilaat komensivat laihat, rääsyiset ihmiset riviin ratapenkka takanaan. Sotilaat nostivat aseet. Elli juoksi Fransin luokse ja hetken he katsoivat toisiaan silmiin ennen kuin aseet laukesivat.

JÄLKIKIRJOITUS

Muut vangit siirrettiin Riihimäelle. Hanna kuoli Riihimäen vankileirillä kuten Ellin veli Taavetti. Ellin toinen veli Hjalmar kuoli vapauduttuaan vankileiriltä elokuussa 1918. Lyyli vapautui vankileiriltä samoihin aikoihin kuin Hjalmar. Anna-Mari ja hänen tyttärensä Maija vapautettiin kesäkuun alussa Kouvolassa. Alma synnytti tytön marraskuussa 1918. Elli Kokko oli ainoa nainen, joka teloitettiin Kouvolassa.